爱上阅读·中小学生晨读精品选

高长梅　许高英　主编

# 照亮我人生的那盏灯

张儒学　著

九州出版社
JIUZHOUPRESS | 全国百佳图书出版单位

**图书在版编目（CIP）数据**

照亮我人生的那盏灯 / 张儒学著. –– 北京：九州出版社，
2014.3（2021.7 重印）

（爱上阅读：中小学生晨读精品选 / 高长梅, 许高英主编）

ISBN 978-7-5108-2760-0

Ⅰ.①照… Ⅱ.①张… Ⅲ.①散文集 – 中国 – 当代Ⅳ.①I267

中国版本图书馆CIP数据核字（2014）第041868号

## 照亮我人生的那盏灯

| | |
|---|---|
| 作　　者 | 张儒学　著 |
| 出版发行 | 九州出版社 |
| 地　　址 | 北京市西城区阜外大街甲35 号（100037） |
| 发行电话 | （010）68992190/3/5/6 |
| 网　　址 | www.jiuzhoupress.com |
| 电子信箱 | jiuzhou@jiuzhoupress.com |
| 印　　刷 | 北京一鑫印务有限责任公司 |
| 开　　本 | 720 毫米×1000 毫米　16 开 |
| 印　　张 | 9 |
| 字　　数 | 150 千字 |
| 版　　次 | 2014 年 5 月第 1 版 |
| 印　　次 | 2021 年 7 月第 6 次印刷 |
| 书　　号 | ISBN 978-7-5108-2760-0 |
| 定　　价 | 36.00 元 |

# 阅读随想（代序）

爱上阅读。阅读能使我们进一步获取智慧，获取解决问题的方法与能力。

微信中，有一篇叫《读书的十大好处》的文章流传颇广。它概括的所谓十大好处独树一帜：1. 养静气，去躁气；2. 养雅气，去俗气；3. 养才气，去迂气；4. 养朝气，去暮气；5. 养锐气，去惰气；6. 养大气，去小气；7. 养正气，去邪气；8. 养胆气，去怯气；9. 养和气，去霸气；10. 养运气，去晦气。

微信中，还有一篇文章也被大量转发，叫《读书是最好的美容》。文章认为，"人通过读书，在幽幽书香潜移默化的熏陶下，浊俗可以变为清雅，奢华可以变为淡泊，促狭可以变为开阔，偏激可以变为平和"。的确，打开书，便打开了一扇面对世界的窗口，你读天，无际的长天予你灵性；你读地，宽厚的大地赠你理性。打开书，便打开了一面审视生命的镜子，那扑面而来的真善美令人陶醉。

还是微信中的一篇文章，叫《通过阅读解决自己的困惑》。文章认为，阅读不能仅仅是小清新、轻口味、品时尚的浅阅读，有时还得"重口味"。阅读即要脚踏实地，要观看现实，了解人类文化的百态，知识的种种。但是只看"大地"那是不够的，还需要仰望星空，还要读读诸如《论语》、

《庄子》之类的书,以加深我们对人性的理解且不丧失对智慧的信心。

再引用著名作家王蒙先生2013年9月发表在《人民日报》上的《"攻读"的日子哪里去了》中的一段话:离开了阅读,只有浏览与便捷舒适的扫描,以微博代替书籍,以段子代替文章,以传播代替学识,以表演代替讲解,将会逐渐使人们精神懒惰,习惯于平面地、肤浅地接受数量巨大、获得廉价、包含着大量垃圾赝品毒素的所谓信息,丧失研读能力、切磋能力、求真求深的使命与勇气,以至连讨论追究的习惯也不见了,苦思冥想的能力与乐趣也没有了,连智力游戏的水准也降到幼儿级别以下了。这样下去,我们会空心化、浅薄化与白痴化,我们的宝贵的头脑的皱褶将渐渐平滑,我们的"灵"的思辨思维功能将渐渐萎缩,而我们的大脑将只剩下海量获得八卦式的信息然后平面地记忆下来、转销出去的"肉"的能力。

杨绛说得更好:读书正是为了遇见更好的自己。读书到了最后,是为了让我们更宽容地去理解这个世界有多复杂。

爱上阅读。阅读提升我们的素养,阅读最终将改变我们的人生。

# 目录

## PART 1
## 温馨的乡土

# 梦想的村庄

PART 3
## 心灵的热土

>>>>> PART 1

# 温馨的乡土

　　那比人还高的高粱,也不甘寂寞,在微风吹奏的动听的歌声中,高兴地跳起了摆手舞……只有田里朴实的禾苗,却吮着雨露,收藏着阳光,默默地长高、长壮、扬花、抽穗,带给农人们对收获的期待,带给乡土一片真诚的回报。

 # 托起梦想的小木船

在通往村小的那条河上，李老师接送学生的小木船仍在悠悠地荡着。

在家乡，因兴修一个大型水库把一个村分成了两半，而且水库里的水面比较宽，根本无法在上面修桥，村里人赶集和出行都要走弯路才能到达目的地，似乎没受到多大的影响，只是住在村另一边的孩子上学就不方便了。我家就住在河的另一边，每天上学得等船过河，有时等到放学时船还没来，急得我和许多在这儿等船的小伙伴一样，小脸憋得通红，甚至呜呜地哭，一时分不清眼泪和鼻涕来。

日复一日，有的孩子忍受不住，辍学了。记得我父亲也曾为这事，不止一次对我说："孩子，上学每天等船过河麻烦，这学干脆不上了，过两年大点去学个石匠或木匠手艺，一样的能养家糊口。"我却坚持要上学，但一次又一次在等船过河时，幼小的心灵就要接受一次煎熬，当等来等去仍等不到船来时，矛盾的内心就像一块吸满水的海绵，沉甸甸的，于是想象着像其他的孩子一样，不读书该是多么的自在。

这事却被李老师看在眼里，忧在心头。他想：现在已有好多家的孩子因此不上学了，如果再这样下去不知还有多少孩子因此辍学呢！李老师便与老婆商量，把家里准备修房子的钱拿去买了一条木船，每天好接送孩子上学。他老婆最初怎么也不同意，经过李老师耐心细致地做工作，老婆最终还是同意了。从此，李老师每天早上准时来到河岸边接学生上学，下午放学后

又送学生过河回家,这所有的接送都是免费的。也许就是这只穿来穿去的小木船,不知托起多少山里孩子的梦想。

"李老师买船专门接送孩子过河读书了!"就像一个特大喜讯在小山村传开,令多少辍了学或者不想上学的孩子高兴了,更让担心孩子上学不安全的家长也放心了。这下,有的已辍了学的孩子,都又回到了学校继续读书,而且有不想上学的孩子也打消了这个念头。每天孩子们一想到李老师会准时来接自己上学,心中就充满了希望和光芒。

有一天早上,同学们准时来到河岸边,却没见李老师身影,更没见着那只悠悠地荡来的小木船,我们都急切地等待着,可在等待中,看见一个老农撑着船过来了,他说:"孩子们,上船吧,李老师病了,是他叫我来接你们的。""李老师病了?"大家简直不敢相信,老农却说:"是这几天连续地下大雨,李老师撑船来接你们时,全身衣服都被雨水打湿,还没来得及换又给你们上课,所以就病了……"同学们几乎是不约而同地带着哭腔喊道:"李老师——"老农安慰孩子们道:"李老师没事,他的老婆已陪他去村卫生所了,打一针吃点药就会好的!"

后来,我们才知道,李老师那时还是一个代课教师,因为村里地处偏远,学校又因水库而交通不便,几乎没有哪个正式教师愿意来,村小学里都是一些跟李老师一样的土生土长的代课教师,学校除了李老师一个是男教师外,全是女教师。他知道,为什么有这么多孩子辍学,是因为一水相隔,孩子不上学怎么行呢,难道让他们一辈子就在山里做没知识没文化的更没用的人?要让孩子回到学校读书,就必须有一条船,只有船才能托起山里孩子的梦想。他自然也承担起这接送孩子的任务,因为他是一个教师,更是一个男子汉。

前几年,李老师在国家对教师的优惠政策中,教了几十年书的他终于转成一名正式教师,虽然现在已退休,但他却当起了专业的"船老板",每天撑着小木船在这条河上免费接送学生,在一次一次的来回往返中,让人感受到了李老师的亲切和朴实,感受到了李老师的伟大和高尚。

在这教师节到来之际,我们在县城工作的几个从村小走出来的同学,相约回到村小学,去看望一下我们最崇敬和感激的李老师。那天,秋阳似火,当我们见到李老师时,他虽然满头银发,但精神饱满,身体健康,仍十分娴熟地撑着小木船,虽说这二十多年中,他接送学生的木船换了一只又一只,但我们坐在船上,仍像二十多年前坐在李老师为我们撑的船上,那只托起我们梦想和希望的小木船,仍在悠悠地荡着、荡着……

# 枕月而眠

一个夏天的夜晚,我在乡下枕月而眠。

那是一个多么惬意而美丽的夜晚,乡村的夜静静的,明净的月光照在静寂的田野上,我却十分悠闲地躺在父亲承包的鱼塘边的小屋里,看着布满星星的天空,枕着落在水里的月亮,心中却情不自禁地吟咏着李白的《静夜思》:"床前明月光,疑是地上霜,举头望明月,低头思故乡。"

那是夏天的一个周末,我回到乡下老家看望父亲。尽管乡下树木密集、空气清新,但火辣辣的太阳似乎要把一切都烤焦似的。乡下人除了早晚上坡干点必要的农活外,多半都待在家里,或者在院前的竹林下乘凉,都尽力去寻找最凉爽的地方待上一时半会儿,合合眼打个盹,也是乘凉的一种方式,更是一件多么快乐的事。

我的父亲乘凉的最好去处是他承包的那个鱼塘,因为要喂养和照看鱼塘里的鱼,父亲就在鱼塘边搭起一个简陋的棚子,棚子是用竹子编的,父亲还用稀泥巴在外面涂了一层,这样就冬暖夏凉。冬天把门关上,里面生上一个炉子,不管外面下起多大的雪,里面也一样是暖暖的;夏天只要把门打开,凉凉的风就轻轻地吹拂着小屋,里面凉悠悠的就是天然的"避暑山庄"。棚子里虽然只能放下一张床和几根小凳子,但在这空旷的田野上,在这宽宽的鱼塘边,在这清清的水面上,却显得那么的别有一番风味。

也许我早就知道父亲鱼塘边的小屋冬暖夏凉,我一到老家就直往父亲的鱼塘跑去,只见父亲的小屋里正坐着几个人在高兴地聊着天。他们见我回来了,就赶忙叫我进去坐,他们仍天南地北地聊着,我却在屋里坐着乘凉,也许是我在城里吹惯了空调,回到乡下尽管手中的扇子扇个不停,还是感觉到很热,全身都被汗水浸透,可来到这小屋里,一会儿就感觉到凉悠悠的。

不一会儿,那几个跟父亲聊天的人走了,父亲就与我聊起天来。在这清清的鱼塘边,时不时有鱼儿游出水面,在清澈透明的水里游来游去,时不时弄出"叮叮咚咚"的水声,父亲看着顽皮的鱼,高兴地说:"这些鱼,多可爱,我看见它们就像看见你们小时候一样,多高兴多快乐呀!"我说:"听说你这鱼塘承包期快满了,还承包吗?"父亲说:"当然要承包,只要在这鱼塘边一坐,心中就有一种快乐和踏实的感觉哟!"我似乎明白了父亲的心情,虽然我们都劝父亲不要再承包这鱼塘,因母亲常年在城里帮着做生意的弟弟带孩子,也想叫父亲去城里享享福,可他总以有鱼塘走不开为由一再拒绝。这时,我也没有再劝父亲,只是听他说村里新近发生的事,我也告诉他城里最近出现的一些新鲜事……

晚上,父亲说我怕热我就在鱼塘边的小屋里睡,他回家去睡,我高兴地接受了父亲的这一安排。这是一个多么静寂而美丽的夜,当人们在唤回未到家的鸡鸭之后,月亮便渐渐地沿着那山顶升起,虽然农家小院的灯火通明,但还是挡不住这月光的明净,那皎洁的月光照在那片静静的田野上,好一幅山村田园美景。我走出小屋,站在鱼塘边,看着月光映照下的水面,如身临仙境一般。

这时,村子显得静静的,似乎没有我记忆中的热闹声,特别是在夏天这样美丽的夜晚,到处都是乘凉的人们那热闹的说话声,还有粗犷的笑声和动听的歌声……现在,山村里的大部分青壮年都举家外出打工了,山村里多半是劳动了一生对土地也一生钟爱的老人,还有在山村里默默担当起照顾老人和孩子的女人们,还依旧守护着乡村,依旧守望乡村这浓浓的夜色,延续着山村里耕种和收获的欢愉。

夜已经很深了,我不知是因为这山村的静寂而沉思,还是因为月光下的山村夜色而陶醉,却无法入眠。尽管我躺在这凉爽的小屋里,但眼前却是被月光点缀的鱼塘美景,我透过这一片清清的水面,看见落在水里的月亮比天上的月亮更明更大更亮。我想起了李白的《古朗月行》:"小时不识月,呼作白玉盘。又疑瑶台镜,飞在白云端……"是多么美妙的一种意境,我再低头一看,落在水中的月亮就慢慢在向我靠近,此时,月亮似乎就在我枕下——

我枕着月亮,渐渐地进入了梦乡,梦中我却变成了一条快乐的鱼!

# 乡村手艺人

## 剃头匠姚麻子

我最早认识的手艺人,是剃头匠姚麻子。

我一出生就是姚麻子给我剃头,后来一直都是他剃的,直到我离开家乡去外地上学,我记得姚麻子只会给我剃光头。不管姚麻子怎样剃,剃得怎样,村里所有大人小孩的头都是姚麻子剃,几十年都是如此。不是说姚麻子就剃得最好,也不是说外面就没剃头匠来,村里人就是喜欢姚麻子来剃头,他们似乎不图别的,就是图个方便。

听说姚麻子十几岁就学剃头的,从他学剃头时开始,就深深地爱上剃头这手艺。有一次某煤矿来村里招工,他父亲给他报了名,而他的招工体检全部合格,可他说什么也不去当工人,他只想留在山村里当个剃头匠。这样,不管春夏还是秋冬,他都走村串户给村里的大人小孩剃头,凡村里哪家的哪个孩子或大人的头该剃了,他就自然而然来了,可他剃头时还时不时讲点笑话,喜得大人们高兴不已。

二十多年过去了,姚麻子的儿女们大了,也都出去经商和打工去了,他仍游走于乡间,给山里人剃头就成了他唯一的乐趣,他剃得好与不好并不重要,最重要的他讲的笑话和他那深深烙在人们心中的记忆,像阳光一样照耀着日渐孤寂的乡村和乡村里留守的老人。

## 厨师王大爷

我最熟悉也最喜欢的手艺人,当然就是厨师王大爷了。

小时候,我最爱跟着爷爷走人户。凡哪家做生满十,我总要跟着爷爷去,不管爷爷愿不愿意带我去,我总要想尽办法跟着去。在山村里,不管哪家办酒席,似乎都是请村里的厨师王大爷办,王大爷五十出头,个儿矮矮的胖胖的,身上围着白围裙,袖子上戴着白套,时而磨刀霍霍,时而伏案切菜,向锅挥铲,没多久油炸的、红烧的、凉拌的,样样都摆满了案桌。

在院坝,一口大铁锅热气腾腾,几个大蒸笼呼哧呼哧地喘着粗气,村里的男女老少都赶来了,有的帮着忙这忙那,王大爷似乎忙中有闲,闲中有忙,时不时还与他们说说笑,整个院子里似乎就在厨师王大爷的忙活中,充满着欢乐,回荡着笑声。不一会儿,在王大爷的那一声粗犷而洪亮的"开——席——啰!"高喊中,所有人便开始入座,所有人都围坐在桌边,品味着这飘浮着馨香的,浸透着欢乐的乡村酒席。

　　有一次,我回到乡下老家,又吃上了王大爷办的酒席,虽不像城里的大餐厅小酒馆那样的一天一个样地翻新口味,而是几十年如一日的肥而不腻、清而不淡的口味,让我却吃出了浓浓的乡情,吃出了永远难忘的乡土情结!

# 木匠李三叔

　　对于木匠李三叔,我十分尊敬更是难忘。

　　也许是我上小学的时候学习成绩一直不好,父母叹息道:"干脆上完小学给他找个师傅学门手艺,手艺可是一辈子的饭碗。"我听他们说到了村里的木匠李三叔,为人憨厚朴实,木匠活儿做得非常精细,还和我爷爷有一定的交情,肯定他会教我的。当我知道这事后也高兴不已,因为我从小就在心中羡慕手艺人,我就得意扬扬地对我的老师和我的伙伴说:"我小学读完就不上学了,去学木匠手艺。"

　　李三叔五十多岁,长得肥头大耳,由于他的木匠活儿做得精细,凡村里哪家大到修房子,小到做个木盆水桶都是请他,他干活时认真仔细,总是加班加点地干,从不拖三拉四。也许是我父母想让我跟他学木匠,总是找些活儿请李木匠来家里做。那年秋天,李三叔在我家做了二十多天,给我家做了一个大衣橱、两个柜子,还有一挑水桶。也许是我想学木匠手艺,放学回来,就帮着拉锯,弹墨线,拿拐尺,递凿子,找斧头,还端茶倒水……母亲干完农活回家看到我又逃学回来时,脸一沉就要骂我。我忙向李三叔递眼色,他会意地一笑,母亲赶紧换成笑脸说:"不认真上学,能学好木匠手艺吗?"李三叔也忙说:"就是,只要你认真读书,我就教你学木匠。"我高兴地说:"真的!"李三叔十分认真地说:"当然!"不知受了李三叔说的话的启发,还是因父母的耐心劝说,我以后再不逃学了,开始认真学习顺利地读完了初中,也考上高中,后来上了大学,我在心里就对木匠李三叔产生出一种深深的敬意。

　　如今,李三叔早已去世了,而他给我家修的穿斗房,还有做的大衣橱、柜子、水桶等家具,还完好无损地在乡村的老屋陪伴着年迈的父母。在乡村手艺人渐行渐远的今天,这些有点像古董的又带着乡土情怀的家具,还在述说着许多甜美而苦涩的往事……

# 高山竹

高山上的竹子,整日吮吸着山水灵气,有着耐寒宜暑的性格,我赞美高山竹。

那是去年的初夏时节,天气渐热,在我打工的厂里又处于生产淡季,我便利用自己从小跟母亲学会的编竹席的特长,趁工余时间替当地人编竹席,以挣得微薄的收入来维持生计。并总是去坝上那些院前院后的大片大片的竹林里砍竹子,这些早年被小镇上的纸厂当成"宝"的竹子,如今却被当地人蔑视,砍来当柴烧,又比不上煤气与煤球便宜,砍来编竹筐竹背篓呢,可这里早已成为工业小镇,人们除了整日忙碌在大大小小的厂矿企业里干活,谁种庄稼还用得着这些肩挑背磨的竹筐竹背篓呢?自然这些竹子就只能像那些荒芜着的土地里的草一样,自然而然地长,又自然而然地枯萎。只有我,把它当成了可利用的资源,变废为宝了,便去砍来编竹席,虽说这坝上的土质很肥沃,但离镇上近,厂矿企业里的废气废水将它们所污染,砍来的竹子多半没有韧性,易折断,让我深深地为之惋惜。

就因为这个原因,可当地有些需要竹席的人家,却不要在坝上砍的竹子编的竹席,他们都说那高高的山顶上的竹子好,有耐性,没有被污染,有益于身体的健康,我就萌生了去高山上砍竹子来编竹席的念头。第一次上山,是

PART 1
温馨的乡土

一位当地老人领我去的,他领我穿过那深深的草丛,他在前面用刀砍路,我就气喘吁吁地跟着他往山上爬,他边砍路边说:"过去,这儿就是一条上山的大路,怎么现在就没有人走了呢?山上是一片大茶园,过去上山采茶的人很多,现在却无人问津,路也没有了。"我跟着老人走了好一阵,终于爬上了山顶,果然,那大片大片的竹林就映在眼前,让我兴奋不已。

老人指着这片竹林说:"这片竹林,是我们亲手栽的,当时镇上只有唯一的一个企业——纸厂,这片竹子长成林后,我们年年都上山来砍竹子去卖给纸厂,这些竹子还是我们的主要经济来源呢!现在镇上厂多了,人们都有钱了,谁还来管这些竹子呢!"

我看着这些竹子,果然与下面坝上的竹子不一样,嫩绿色的竹叶,在风中舞动着,发出了轻轻的声响,而那一根根竹子,却高高地耸入竹林中,显出了蓬勃生机,整个山间空气清新,还未散尽的白雾,还在山间回旋,小鸟在林间跳跃,发出动听的歌唱。我便开始砍竹子,便有些不忍打破这林间的寂静。老人似乎看出了我的心思,他说:"砍吧,竹子这东西不像树,更不像其他植物,年年砍才年年发,如果不砍,它就会自然而然地死去。"其实,我也懂得这个道理,因为在家里常年编竹席的父母,把竹子真的当成了宝,可父亲总是年年砍年年修,竹子也一年比一年长得高长得大,院前的那片竹林更是一年比一年长得更茂盛。随后,我便走进竹林里,砍着那一根根竹子,心情也为之舒畅,这些竹子从颜色上看,青青的,纯天然色,没有一点像被污染过的那种黄斑点;从筒口上看,根根筒口稀,节巴少,叫作"拉筒",好做活儿,编出来的竹席,就显得平整耐看。

老人说:"用这高山上的竹子编竹席,据说有清暑耐湿的功效,我之所以执意要你上这山上来砍竹子给我编竹席,完全是为我那瘫痪在床的老伴,不是想用这张竹席治好她的病,而是让她更轻松地过完这个夏天……"

我打断老人的话,说:"也许是吧,因为这高山上的竹子,整日整日吮吸着山水灵气,更是吸取了日月精华,也许除了有清暑耐湿的作用,更有延年益寿的作用吧!"

老人听后又高兴得像个孩子似的说:"真的吗? 要是真是这样,我当年栽下的这些竹子,就总算没白栽了。真是老天有眼,用这种方式来回报我这个当年的栽竹人呀!"

待竹子砍好后,由于下山的路远,又十分的陡峭,我便在山上把竹子划成篾条,拿下山又好拿又轻松。在划篾条中,一阵阵竹子的清香扑鼻而来,老人说:"这竹子有香味? "我点了点头。这竹香,既像青青的小草般的幽香,又像花朵般的芬芳,更散发着山间清新的泥土气息,让我陶醉,更让老人陶醉。随后,我们扛着已划好的篾条,沿着来路下山,老人说:"这条路我已有十年没走了,今天为了上山砍竹子,我又来走了一回,我高兴呀! 好像又回到当年栽竹子、砍竹子的情景,那时我年轻,路上我们还要唱山歌,还要与上山来采茶的姑娘对歌说笑呢! "老人说着陶醉在一种难以平静的喜悦之中,我也被老人的兴奋劲所感染,更是陶醉在一种因为劳动才能获得的愉悦之中,心情也久久不能平静。

回来后,我就赶紧用这高山上的竹子为老人编成了竹席,好为他生病的老伴躺在这张竹席上,轻松而愉快地过完这个夏天。当老人拿着这张竹席回家时,逢人便说:"这是高山上的竹子编的,就是与坝上的竹子编的竹席不一样,能清暑耐湿,能延年益寿,最适合我瘫痪在床的老伴睡。"经他这么说,相邻的好几户人家,也要我用这高山上的竹子给他们编竹席,我便在他们的引领下,来到高山上砍竹子,再划成篾条拿下来,虽然爬这么高的山很累,但我也心甘情愿,也可以从中去感受一番大自然的美景,站在高高的山上,听不见小镇上繁杂的喧嚣声,像竹子一样吮吸着清新的空气,沐浴着暖暖阳光,心情也格外的舒畅。更能从那些引领我来山顶上砍竹子的当地人那高兴的神情中,获得一种平时少有的亲切,或一句"请你编好点"的叮嘱,还有一句"感谢"之类的话语,使我真正融入到了这方水土之中,更有一种家一般的温馨与愉悦。

就这样,整个夏天我就在替当地人编竹席,火辣辣的太阳晒得我汗流浃背,屋里闷热的天气让我编竹席时,总是衣服湿透,但我只要闻着竹子散发出的清香，看着主人满意地拿着竹席回家去时，我的心里也有着无比的激动与高兴，心情也格外的舒畅，让我也从中得到了经济实惠，整个夏天，我也过得十分充实。

可在夏天一过，厂里又恢复了生产旺季，而那些经不住淡季煎熬的工友有的早已离去，可在旺季时又想回厂却不行了。而我就靠这编竹席而耐住了这段寂寞，走出了困境，终于又忙碌于厂里那紧张忙碌的节奏中，我想是高山竹给我带来的好运，更是高山竹给我带来的启迪。不是吗？你看这高山竹，过去人们栽下它，年年被人砍来卖纸厂，为这里的人们的吃穿用立下了汗马功劳，可如今却被人们遗弃，可它依然默默地生活，沐浴着阳光雨露，头顶一片蓝天，脚踏一方净土，依然对生活充满信心。今天却被这里的人们，看成是用来编竹席的最好的竹子，能清暑耐湿，延年益寿……说不定，明年还有更多的山里人，来这高山上砍竹子，做成纯天然的椅子、凉床、凳子等，还有望成为"稀世珍品"，我相信能有这么一天，因为高山竹那"高风亮节"的精神，那耐得住寂寞的性格，那远离闹市的诱惑而甘守清贫的美好情操，那大山般博大的胸怀，不是早就让人赞美与敬仰吗？

啊！我赞美高山竹，我更想变成一根高山竹。

## 温馨的乡土

正是夏天，我从县城乘车来到村口时，已是下午五点，我看见父亲扛着锄头，在田野里转悠着。

这个时候,应该是村里最热闹的时候,早上起来忙了一阵活儿的山里人,一般在太阳渐渐高起来后就在家休息,而村里就显得静静的,偶尔几声狗叫,似乎才打破了这时的孤独。可在这夕阳西下的下午,经过大半天火辣辣的阳光的烘烤,已从火一般的烘烤中,渐渐地阴凉下来的乡村,也像田里的庄稼一样又来了精神,农人们这时开始下地忙碌,挖土的挖土,浇水的浇水,小孩牵着牛向河边走去,老年人也扛着锄头下到地里转转。

这时,父亲看见我回来了,高兴地说:"你回来了? 外面热,你还是回家去喝茶吧! "我问父亲:"我回去喝茶,您呢?""我还转转,因为每天来田野转一下才踏实哟! ""好,那我就陪你转转吧,也好感受一下乡土的温馨。"父亲高兴地同意了,我便和父亲慢慢地走在田野上,迎着西下的夕阳,挽着微微吹拂的风,欣赏着田野的庄稼和坡上的一片绿。

抬眼望去,到处都是嫩绿的一片,土里的玉米已长到了半人高,那绿得稀稀疏疏的叶子,似乎在掩饰着脊背上"娃"的羞涩;那比人还高的高粱,也不甘寂寞,在微风吹奏的动听的歌声中,高兴地跳起了摆手舞……只有田里朴实的禾苗,却吮着雨露,收藏着阳光,默默地长高、长壮、扬花、抽穗,带给农人们对收获的期待,带给乡土一片真诚的回报。

不一会儿,我和父亲就走到那块自己开垦的田边,田里的水稻似乎正在攒足了劲儿地长高。一阵微风吹来,田野掀起此起彼伏的绿色波浪。父亲放下锄头下到田里,去锄那几株才长起来的稗子。我站在田埂上,看见父亲的身影在绿色的波浪里,像是一叶小舟,头上的草帽是帆。我仔细地端详稻禾,发现了几许陌生,但也十分熟悉,因为我也曾种过庄稼,也曾对庄稼有很深很深的记忆,就像我记忆中的村庄一样,在雨露中生长,在阳光里拔节。

由此,我想起和父亲一起开垦这块田的时光,那是一段很深刻的记忆,正读高一的我,暑假里父亲每天早早地叫上我一起去开田。首先,父亲和我从远远近近的地方找来一些石头,砌成四边的石坎,然后挖土全部覆盖起来。为了砌坎,我幼嫩的肩膀被抬石头的木杠压得血肉肿痛,活活地压脱了一层皮。石坎砌好,父亲要我擂田坎,直到没有一丝罅隙,才好蓄水。这项工作非常简单,但要做好极难。擂的时候,每一次必须使出吃奶的力气,才能使泥土深深地把石头黏住。最后,田整理出来了,不久就蓄上了水,再种上庄稼,到了秋收时,这块田还真收获了不少的谷子。这块田,似乎就成为我在家乡的最值得骄傲的记忆。

不久,天就黑了下来,我和父亲一起回到家里,吃了晚饭后,我却怎么也睡不着,偷偷地跑去田野里,感受一下乡村的夜色。夜晚的村庄也很安静,不知是现在几乎家家户户都有了电扇或者空调,还是大部分青壮年都举家外出打工去了,没有了乘凉时人们的欢笑声和粗犷的说话声。我伫立在田埂上,想起小时候和伙伴们玩耍的情景,总是要嬉笑吵闹到深夜,或捉迷藏或打仗,其乐无穷;总要缠着在院坝里乘凉的爷爷,给我讲那百听不厌的童话……这时,我看到了月光下的田野和村庄,静得出奇,静得能听到土地和庄稼的呼吸声。

夜渐渐深了,我却回到家里睡觉,在一次又一次的辗转反侧中,我终于进入了梦乡,可在梦中却梦到了,与我近二十年没有联系的小时候的玩伴刘二娃,在广东打工挣钱后回家来投资办厂了;也梦见了村里最漂亮,去打工却嫁给了大她二十多岁的老板的村姑阿云,却离了婚回来了,她的微笑依然像霞光一样映衬出山村的美丽;我还梦见我小时常放的那头死去多年的老牛,又复活了,我还骑在它的背上,正悠闲地走过山村的黄昏……

好温馨的乡土,好温馨的梦境,氤氲着我对故乡的思念!

# 年味

一进入腊月，年味就渐渐地浓起来。

不管在农家小院里，或是在乡间小道上，人们在相互的问候中，总也少不了"年"这个词："快过年了，你那在外打工的儿子儿媳回家了吗？""你家杀了过年猪了吗？"仿佛这时的年，在他们心中就像这冬天里的阳光，温暖着他们那对常年漂泊在外的亲人的长长的期待，更充满着对来年的美好生活的向往。

于是，年味就在他们的等待中，在他们的盼望里，渐渐地浓起来。杀年猪的热闹声，一弯高过一弯，一家胜过一家。不管大人小孩，脸上都含着微笑，心里都装着说不出的喜悦。今天你请我吃"刨猪汤"，明天我请你吃"刨猪汤"，在平时很少像这样闲着的山里人，又在这浓浓的年味的映透下，劝酒声、说笑声、嘻嘻哈哈的笑声……使整个山村里充满着温馨和谐的气氛。

旧时有"吃过腊八饭，就把年来办"的说法，就是说过了腊月初八，年就一天天地近了，年味也一天天地浓了。随后，便是"二十三祭灶关，二十四扫房日，二十五糊窗户，二十六洗猪头……"进入过年的倒计时了。腊月二十三日，人们便在灶台上摆上蜡烛、糖果、清茶，香烟飘浮……在那躬身的祭拜中，似乎把一年来的丰收与喜悦和对来年的期待与祝福，让灶神带上天去。在送走了灶神后，腊月二十四便可以挑屋后的"泥沟"和打扫屋里的"灰尘"，不管是院前院后，或是屋里屋外，都要彻彻底底地打扫一番，从人们那既忙碌又开心的劳动中,看得出他们要"一尘不染"地迎接新年。

那在小河边,洗衣服的大姑娘和小媳妇那爽朗的说笑声里,更是充满着甜甜的美滋滋的年味。她们在一边洗衣服洗被子,一边高兴地说着笑着,唱着歌,还有的自个儿在心里乐着。她问她:"你那在外打工的情哥哥快回来了,你高兴吗?"她一时却羞红了脸,但也不甘落后地说:"你也是一样天天在盼啊!"说罢,又一阵笑声在小河边回荡着,年在她们的心中似乎变得更加的温馨而浪漫起来。

那上街买新衣服的人们,年味似乎就像他们的笑容一样,从心里飘出,在脸上绽放,更像是用刚买下的穿在身上的新衣服把年装扮得五彩缤纷。不管是大人小孩,或是老人妇女,只要往那花花绿绿的服装摊点上一看,总是让他看得心动,看得格外的开心,各种各样的款式应有尽有,在店铺老板的一席十分好听而吉利的奉承话下,也不管要价多高,只要看上的就买上,因为这种氛围就让人高兴,一年到头不就图个高兴吉利吗?

那在车站码头,或是在乡间小道上,年味就在他们那匆匆回家的脚步中,无不散发出有如故乡那充满着泥土芳香的亲情、友情、故乡情。他们那匆忙的归家的脚步,无不牵动着老人的心;他们那日夜兼程的如云般飘浮的身影,无不凝聚着老人孩子守望的目光。年味,似乎就在他们那甜甜的守望和苦苦期待里,变得美丽而浓郁起来,有如那四处飘来熏腊肉的香味一样,让人感到格外的温馨和幸福!

那在院坝里写春联的,在屋檐下挂灯笼的,在门窗上贴年画的,哪一样不透出年的吉庆?逛花街的,燃烟花的,放爆竹的,赶庙会的,哪一种不渲染出年的热闹?这千百年生活积淀下来的,被人们用真诚和善良,用对亲人的思念与对来年的祝福,点缀得更加浓厚,更加丰盛的,更加让人高兴万分,更加让人欢天喜地的年,真是代代相传,情趣无限。

啊,年味,被父母期盼的目光浸透得浓浓的,被儿女们回家的欢笑声点缀得香喷喷的!

# 老院子

老院子不知是哪时修建的，也不知里面的人是怎样住进去的，但老院子就成了他们生活的乐园。

老院子离我家不远，那被大大的圆柱子撑起的瓦房围成的四合院，虽然年代久远而显得有些古老，墙上还依稀可见脱落的痕迹，但仍不失当年的气派。院里的一个石坝子，虽然早已被岁月磨得光溜溜的，偶尔有像老人的眼睛一样深陷进去，但仍不失当年的宽敞……尽管老院子处处显示出古朴久远的风貌，但老院子总是在一种平和的情调中迎来春夏，总是在和谐的神情里送走秋冬。

那时，也许老院子最集中，不管是外地来打玩意的，总是在老院子里"叮叮当当"地打起好看的玩意来，弄得全队的大人小孩都往老院子里跑，还是外地来耍猴戏的，也都往老院子去，那精彩的表演使得老院子多了几许神秘。如果是过年过节，人们穿上一件新衣服也得往老院子里跑，似乎只能在老院子里才能展示自己的漂亮，才能感受到快乐和开心。没事时男人们三三两两在一起说笑，粗犷的笑声在老院子里如雷地响起。女人们三五成群在一起唠叨着，欢笑声像细雨声般温柔而甜蜜地在老院子里飘散……

如果队里开队会，就是队长不说地方大家也知道在老院子里开。这下全社的男女老少不管手头再忙的活儿，都得放下往老院子里跑。如开春了，该怎样平整秧田。如果要打谷子了，也在这儿开会编斗，哪几个人一起打谷子。年终了,怎样分粮也在这儿开会讨论。如果队里买回一头牛,应该给谁喂,也在这儿安排……就这样老院子系着人们的生计,系着人们的油盐柴米。

特别是公社电影队来队里放电影时,队长也安排在老院子里,老院子里就显得特别的热闹。还在半下午时,高音喇叭里放着迷人的歌声在村里响起,一时间老院子似乎在向人们展示她的美丽的风采,显示出她成熟的魅力,使前后几里路远的人早早地来到老院子,老院子就被欢乐和笑声挤得满满的……

更多的时候,老院子散发着一种平和安静的情调,映现出和谐静谧的色彩。进四合院的大门似乎从未关过,四合院里总是其乐融融的。虽然住着的不是同一姓人,在一起住久了就像一家人似的。正房住着的李爷爷和李奶奶的脸上总是挂着慈祥的笑容,西厢房住着的王二叔总是爱帮别人提点别人提不动的东西,东厢房住着的马大叔凡哪家有个事他总是喜欢跑跑腿……老院子里的人看见亲切,叫起来也亲热。

也许是我的大姨住在老院子里,没事时我就往大姨家跑,为的是能去老院子里玩。大姨家就住在老院子的斜厢房里,两间窄窄的屋,供大姨一家挤在一起本来就挤,而我去到大姨家就显得更挤了,但我却喜欢去。白天就与我差不多大的表弟跟院子里的小孩玩,晚上就与表弟在大姨房间的另一间屋里通宵打闹,那时仿佛老院子就是我童年的乐园。

老院子虽不大,但里面仍有几棵桃树李树橘树等,三月总有桃花李花盛开,秋天果子熟了有果子飘香。更有一棵大大的老槐树,像一个老人似的站立在院子里的一角,给老院子增添了的古老的色彩。在那月光明净的夜晚,孩子们总是坐在树下听李爷爷讲故事,听得孩子们总是发出唏嘘声,更是在那夜色中听王二叔讲鬼故事后,我和表弟在老宅子的黑暗处不禁地传出了惊叫声……

如今,里面住着的人家几乎都从老院子里搬出去了,在外打工或经商致富后,不是在街上买了房子,就是在离老院子不远的公路边修起了小洋楼。

已经随在城里做生意的表弟住进了县城的大姨,没事时也常常回老院子去看看老屋,不知她是因为思乡的心情,还是对老屋的深爱,她叫人将老房时时修整着,才没有被雨淋坏,在老院子的房子拆的拆垮的垮,只有大姨家还保存完好。

前不久,在县城工作的我陪大姨回到老院子的老屋,以前老院子的四合院不见了,只留下大姨家孤零零的两间房子,似乎随时都会被大风吹垮似的,那被岁月磨得光溜溜的石坝子还在,好似还在回首当年的热闹场景;大姨门前的那口天井也在,如饱经风霜的老人那深陷的眼睛,还在讲述着当年的甜美往事……

老院子老了,老成了我心中最美好也最难忘的记忆!

# 农事

在三月那灿烂的阳光下,农事就像那一场细细的春雨,将乡村点缀得格外繁忙而温馨,农事就在父亲的犁铧下变成一行行抒情的诗句。

大约在过了春分的时候,本来平静而悠闲的乡村,在一场细细的春雨后,就显得格外的热闹而繁忙起来,因为有"春雨贵如油""一滴春雨一两金"之说,这时的山里人的心便开始躁动起来,一声声"播种啰——"的声音,将古老的山村喊醒,躲在林间的布谷鸟也来凑热闹,一声声"布谷—布谷"的叫声,更增添了几分热闹几分幽深,几分春意几分含蓄。

在嫩嫩的阳光下,农人们开始忙碌起来,用心将在期待中沉淀了一冬的农事开始梳理,有水的田块就播撒谷种,没水的田块就种下玉米,田边土坎上播下豆子、瓜果……总之,田块在农人的心目中,就像庄稼人的日子一样,没有一点点多余。一把把金黄的谷粒,从庄稼人那双粗糙的手中滑落;一粒粒饱满的玉米种子,从大山里那粗犷的笑声中滚出;一颗颗沉甸甸的豆子,如同放飞一只鸽子……农事里的播种,就是一个崭新的开始。一粒粒种子,连同这融融的春光,连同这质朴的情感,一起播散在这片新翻的热土里……

在种子播下后,山里人便等待种子的发芽,仿佛还常常在梦中听见种子萌芽的声音,这声音似乎比什么声音都真实。山里人不需要虚伪的祝福,只需要实实在在的问候。在这个时节,似乎什么都显得多余,唯独只有一句话最动听,那便是逢人就问:"你家的种子发芽了吗,一定像个白胖小子那么肥壮吧?"一席话,不管是问的人还是被问的人,都像娶媳妇、嫁闺女一般兴奋。仿佛四处开放的桃花、李花等花花绿绿的花朵,对于山里人来说,都无心去欣赏,他们只对自己播下去的种子充满期待,对自己田地里的刚刚长出的嫩芽,既高兴又心疼,还不停地自言自语:"真胖……真嫩!"经过精心的呵护,直到嫩芽长高长青,他们才发自内心地笑了。

然而,在秧苗稍长高点后,便要整田栽秧,栽秧时田里更热闹,三五家人相互换活儿,三五家人一起围在一块田里干活,既热闹又风趣,在那不断的爽朗的笑声中,那一块一块田野穿上了嫩绿的盛装。在玉米长高了后也要移栽,只有把这些玉米苗移栽在土里,播种才算真正的完成。因此,在这个季节里,山里人再劳累也不觉得累,相反的还觉得充实。

农事,就在这个时节里,被展现得淋漓尽致。山,在播下种子或移栽了玉米苗后,似乎变得更有灵性。农人们望着这山,总是发自内心地笑笑;姑娘小伙望着这山,总是如痴如醉地犹如在梦中;老年人望着这山,自言自语地说:"春种一粒粟,秋收万颗籽"……真是"遥看草色近却无,千里莺啼绿映红""今夜偏知春气暖,虫声新透绿窗纱"……随着一阵阵"滴滴答答"的春雨,随着一声声脆嫩的鸟啼,田野里的秧苗泛青了,山坡上的豆子抽芽了,土里的玉米疏叶了。农事,就在坡上坡下,田里土里,被山里人的那双勤劳的手,描绘成了丰盈充实的日子。在甜美的梦境中,飘出了瓜一样的香,果一样的甜,稻谷一样的沉甸甸的希望来……

啊,是农事让三月的阳光灿烂而美丽,是农事将那一场细细的春雨点缀得缠绵而温馨,是农事让父亲的犁铧飘出了一行行飘香的诗句。

# 乡村打谷月

一般在农历的八月,就是乡村打谷月。

大约在过了立秋,田里的谷子渐渐熟了,到处都是金黄金黄的,呈现出丰收的喜悦。山里人便准备着打谷子,是三五家换活儿互相地打,或是请上亲戚朋友帮忙打,如没有其他事干又有劳力的人,就干脆自家几个人慢慢地打……总之,这种气氛并不亚于过年过节般的热闹而有序,因为不管秧子栽得早与晚,到这时田里的稻子都一样的成熟。

好像在一切都还没准备好,田里的稻谷便熟透了,田野时不时也响起了打谷子的"咚咚"声,还有山里人那粗犷而欢快的说笑声。这时,凡大人教育小孩子也都说:"打谷月,放学后要早点回家来帮着做点事哟!"如果哪家的男人起来得晚了点,总有女人叫道:"打谷月,早点起来嘛,好把田里的谷子早点打完!"一般女人都很早就起来了,把饭做好,还把猪食弄到锅里煮起,然后拿着镰刀出门去了。在黎明前的稻田里,响起了一片"嗷呼""嗷呼"割谷的声音。天刚放亮,男人一趟一趟地扛着斗、挑着箩筐来到田边的时候,女人们已割起了一大片谷子了。

在这打谷月里,晒坝却是非常重要的。那时一般是生产队留下来的,在实行土地承包后,生产队的什么东西都分了,只有这块晒坝没分,十多户人家合用。平时谁家娶媳妇嫁闺女坐上十桌八桌的,就在这个晒坝里,既宽敞又干净。打谷时节,晒坝利用率最高了,但乡亲们从来没有为用晒坝而争吵过。哪家该先打谷子,哪家该后打谷子,不用商量,乡亲们似乎都有一个不约而同不需协商的默契,更多的是有一种相互的信任和理解。

在打谷子时,听天气预报几乎是每家都关心的事,如果是一家人自个儿慢慢地打,管它下雨还是天晴都没啥,如果晴天就边打边晒干,下雨也没打好堆在屋里也能摊开;要是请人帮忙打和换活儿打就麻烦了,几亩地的谷子一天或两天打完,如果是晴天,可能会摊干水分,如果遇到下雨,就会生秧。所以,在打谷子时谁都希望太阳大点,哪怕是晒得打谷子的人们汗流满面,但心里也乐滋滋的,比吃了蜜还甜。

不管白天打谷子打得有多累,只要是亲戚或是朋友在一起,晚上总要喝几杯烈性酒,几杯烈性酒一下肚,所有的疲倦和劳累都似乎烟消云散,高兴地喝酒,大声地聊天,这种氛围并不亚于过年过节。

不喝酒的女人们,却坐在院坝里拉家常,院坝里的月光像牛奶一样,细腻地、柔美地,将院坝映照得白白的如霜,堆在院坝里高高的谷堆,总是让她们看得那么的兴奋,总是看得如梦如幻。然后,不知谁说了一句笑话,把她们逗乐了,笑声就如院前的小溪水一下子荡漾开去,在山村里久久回荡着……

后来,山村里兴起了用打谷机打谷子,比起原来用斗一把一把地打要先进多了,随着打谷机的很有节奏的叫声,像唱起了一首首欢快的丰收曲,使山村里的打谷月就更是热闹了。随着打谷机不停地转动着,农户们一家挨着一家轮流打。也无论人多人少,男女老少皆可。几乎都是全家人披挂上阵,父亲往机子里入稻秆,哥哥姐姐在抖稻草、扒稻籽,其他人捆稻草的、堆垛的,忙得井井有条。

如今,随着全自动的收割机开进了村里,这打谷月似乎就变成了打谷周了,不管再宽的面积,只要收割机一过,就只见稻草整齐地摆在田里,谷子就像喷水一样喷洒在机上的斗里,再不需要人去割和打了,农人们只把谷子挑回家去晒就行了,这大大地减少了劳动力,以前从开斗打谷子到收斗时基本上要一个把月,现在几乎只要几天时间了。过去那些打谷子热闹而欢快的场面,也渐渐地远去,消失在了记忆的深处。

又是秋后的打谷月,再也感觉不到原来的打谷月的热闹和忙碌,只见那收割后的田野显得特别的空旷,那全自动收割机的痕迹随处可见,唯有阳光下的晒谷场上,金黄金黄的谷子在农人们欢快的笑声中,微笑着、歌唱着……

# 腊月

腊月就是天气最冷的时候,腊月就是街上的服装店生意最兴隆的时候,腊月就是从农家小院里飘出一缕缕熏腊肉的烟雾与香味的时候。

腊月就是最冷的大寒数九天,老人躺在床上不出门,还不停地问还有多久立春。而小孩子就不同了,心中最高兴的时候就数腊月了,在腊月里,大人一般情况下不打骂小孩,因为他们心中常想到,要让来年吉利,就得忌嘴,更有"腊月忌尾,正月忌头"之说,所以在腊月里就得有一种好心情,凡事都得忍让和包容。腊月里,不管有钱无钱,家长总得想办法上街去给自家的孩子买上新衣服,好让小孩在正月初一穿上,高高兴兴地迎接新年的到来。这时,也不再心疼钱了,不管卖衣服的摊主要价多高,只要孩子喜欢,都得买下，因为这种气氛就让人特别的兴奋。最让孩子们高兴的事，是在腊月里杀猪时，可以跟着大人们今天在这家吃"刨汤"，明天去那家吃"刨汤"，而自家杀猪时，也请上亲戚朋友，左邻右舍慢慢地坐上几桌，好好热闹一番。这样，整个腊月就显得格外的让人开心。

尤其是常年在田野上干活的庄稼人，最盼望的也是腊月的到来，腊月里田里的农活基本上干完了，可以上街去放心喝茶，可以安安心心去走亲访友，三五天十天八天不会被田里的活儿困扰。家里的妇女也最清闲，圈上的肥猪该卖的卖了，年猪也杀了，回娘家去住上一阵子也无牵挂。总之，腊月就是一年来最清闲的日子。在外面打工的山里人，心中最盼望的也是腊月，因为腊月的到来就预示着春节快到了，五一、中秋、国庆都从未放过假的厂里，只有在春节才放假，放假后好安安心心地回家过年，没有了去厂里请假而批不准，还得请人去顶白领的苦恼。每到这时，心中总是在构想着给父母买上点什么礼物，是"脑白金"或"老白干"，在那一个又一个失眠的夜里，总是感到家的温暖和美好。

我就是这样一个常年漂泊在外的人，平时过什么节都从未回过家，也从未有过想回家的念头，因为工作的繁忙和路途遥远。而在每年春节都得回家，不管手头有多么重要的事情要办也都得放下。更不管是在沿海相距千里或是在本市只隔百里，只要一到腊月，心中就有一种高兴劲，想到了父母一定在计算着今天是腊月初几或者十几了，离过年还有好多天，一定在将猪尽量喂到月底，即使年猪已经杀了，也要选出一块最瘦的肉熏上，还要灌些香肠，因为从小到大，我最喜欢吃母亲熏的腊肉与香肠了。由此，腊月就让我心驰神往，充满着期待与梦想。

腊月对于一般的人来说，是那么的富有情趣，是那么让人心动，办年货打扫房里的清洁，忙得不可开交。腊月还有一个重要的意义，便是象征着一年的结束，新的一年又将开始。不管在这一年里成功也好失败也好，赚钱也好亏本也罢，管你愿不愿意都得画上一个句号。又在心中为自己设计下一个目标，在心中为自己制订出又一个航程。在这腊月里，老人们又在自语道：

"我又高了一寿！"年轻人小孩们又在大声说："我又长了一岁！"这话听似简单，实则包含一种岁月的无情与人生的无奈。我也在心中感叹道："腊月一过，我又漂泊了一年。"

腊月里常常会下雪，洁白洁白的雪漫山遍野，让人想到"瑞雪兆丰年"。可就在这下雪的日子里，我看见院前的蜡梅却傲然绽放，让人想到"梅花香自苦寒来""梅花欢喜漫天雪"等诗句，对梅花给予了不同角度的赞美。这时，远在故乡的母亲总会打来电话说："天气冷，要多加点衣服。"母亲的话，就像这冬天里的阳光，让我感到无比的温暖。腊月，就这样因为雪而美丽，腊月又因为梅花而多彩，腊月因为母亲的牵挂而温馨和幸福。

啊，腊月，就是被农家小院里那熏腊肉的炊烟熏浓的腊月，就是被服装店里那些花花绿绿的衣服点缀的腊月，就是被每一个漂泊者回家过年的匆匆脚步，踏得缠缠绵绵的腊月……

# 新年说"新"

## 新房子

在新年到来之际，朋友老王终于搬新居了。

以前，我们在一起喝茶聊天时，老王总是羡慕别人在城里有房子，可他一直想买一套房子就是没买成。我们常劝他："在城里工作，就得有一套自己的房子哟！"他却笑笑说："再等等看，等过了年再说！"这样老王就把

PART 1
温馨的乡土

这事搁了下来,一直就租房子住着。眼看快过年了,老王看到身边的同学、朋友、亲戚都在忙着买房子,也在忙着装修,都说要在新年到来时搬进新居,意思图个吉利。

老王终于心动了,他也找了一个迎新年的理由,说服了自己也说服了家人,终于下定决心在城里新开盘的楼层里按揭了一套房子。他也想沾个新年的"新",因为新年有新景象,新年有新梦想,新年更有新希望……当他把买房的消息告诉了女儿,女儿高兴地说她明年毕业后也要回县城工作,因为在县城她也有一个家了。乡下的父母说,他们要在过年后来城里住,年迈的父亲说他就想像城里人一样,整天都去茶馆里喝茶聊天。已过花甲的母亲说她最想参加城里的健身队,早晚都去跳健身舞……

在新年的第一天,也是老王搬新家的日子,老王一家终于搬进了梦寐以求的新居了,我们的心情也像老王一家的心情一样,似乎沾了新年的喜气一样,非常的开心也非常的快乐!

## 新车子

朋友小李一直想买一辆小车,可他就是下不了决心。

小李是个小学教师,家住县城,可他却偏偏在一个小镇上教书,不管再冷再热,每天早上他总是骑摩托车跑十多公里去学校上课,下午放学后也骑摩托车匆匆地赶回家。要是下雨天,骑摩托车全身不但要被雨水打湿外,更是因为路滑不安全,有几次还真差点出事。他多次提出想买一辆小车,一是去学校上课方面,二是也可让他时尚时尚嘛,可他老婆就是不同意他买车。

在新年到来时,或许是因为新年能给人好心情,新年能营造出新氛围,新年能给人新憧憬……当小李不抱任何希望只当笑话对老婆说:"新年了,要是有一辆新车开回家,不知有多开心呀!"一直反对他买车的老婆,却十分爽快地答应了:"你去买嘛,新年新车肯定还有新的惊喜哟!"小李似乎不相信地问:"真的?""当然是真的,因为我有一个同事,也要在新年开一辆新车回家,说是图个新年的'新',沾个新年的'喜'哟!"这让小李十分惊奇也十分高兴,第二天也就是新年这天,他便利用这来之不易的机会,赶快与弟弟去到一家汽车销售中心买了一辆车回来。

当学过驾驶也拿到了驾照的小李,将一辆崭新的小车开回家时,他赶忙打电话请我们去坐他的新车,他要让我们坐着他的新车在县城里转上几圈,再去郊外的农家乐去吃饭。

当我们坐上他的新车时,从车窗看出去平日平平常常的、普普通通的县城,在这新年里却不同往常,仿佛变"新"了,变美了,变得更迷人了……

## 新的梦想

"一元复始,万象更新",也许是新年的气氛将我感染,我也变得崭新了。

平日里懒懒散散的我,没有新房也没有新车来"新",但在新年那浓浓氛围的感染下,也获得一份好心情。于是,便找了个迎新年的理由,十分高兴地打扫一下平日难得打扫的房间,让这房间也变得"新"起来。给自己买一套新衣服,好让自己在新年里穿上,让自己变得更有精神。将平时难得擦一次的窗子擦擦,让窗玻璃更加洁净透明,好让新年的阳光早早地照进来,照亮那间有时空旷有时拥挤的小屋。也给皮鞋上一次油,让自己在新年里的每一步都能脚踏实,让自己脚下的路变得更加的平坦而宽阔……

经过一番打扮之后,我发现自己在新年里,从里到外,从上到下,从过去到现在……都像与新年接上轨,与新年沾上边,全都是"新"的:新的穿着,新的思维,新的心情,新的脚步,新的希望,新的开始……这时,我赶忙给不管是在本城或者远方的朋友、同学发去短信,从此将更加珍惜朋友间真正的友谊。赶忙给远在故乡的父母打个电话,带去心中的问候与关心。赶忙向办公室的同事问一声好,给同事送去一份开心和祝福……

然后,对着镜子照照。呵呵,在这新年里,不但我已变成了一个全新的自己,就连梦想也全都是"新"的了!

# 回家

好久没回老家了，乡下的父亲却打来电话，叫我回家看看，说是路修好了。

那天正是一个周末，我从县城乘车来到镇上，下车后，便有好几个摩的司机前来问我："你是不是回家，坐我的摩托车吧，价格便宜，五元。"我说："算了，我还是走路吧，去年我回老家坐的摩托车，可那坑坑洼洼的乡村公路像安了弹簧似的，抖起来像全身散了架，让我痛了好久哟！"其中一个小伙子说："那是去年的事了，现在那条路修好了哟，跟城里的柏油路一样的平，坐起来一点都不抖。"我听后既高兴又惊喜，也有点不敢相信，最后还是想去试试，就坐着他的摩托车向乡下的老家驶去。

那条从镇上通往村里的公路，果真像那位打摩托车的小伙子说的，变成平平的宽宽的水泥路了，坐在他的摩托车上，却像在城里坐公交车一样，一点都不抖，还感觉到舒服呢！快到村口时，却正好碰上初中同学周建，他大声地叫我："老同学，快下来玩一会儿。"我赶忙叫摩托车停下，说："我就到这儿了。"

我问周建："听说你这些年一直在外面打工，好久回来的呀？"他笑着说："我是去年春节回来的，再没出去了，就利用我在外面帮老板养鱼学到的技术，也在家养鱼。因为现在公路修通了，买鱼苗和鱼饲料，还有卖鱼都方便嘛！"我说："那当然好，自己当老板多好呀！"周建领着我去看他的鱼塘，只见他的鱼塘就在他院前的公路边，现已蓄满了水，里面不时有鱼儿欢快地游出水面,然后又一骨碌地钻进水里,弄出让人高兴也让人欣喜的"叮咚叮咚"声。周建高兴地说:"好多年前,我就想养鱼,可因为不通公路,买鱼苗和鱼饲料不方便不说,就是卖鱼全靠人挑就麻烦,现在公路通了,我可以大干一场了。"

周建说的我也深有感触,记得我还在上初中时,我家喂的那头老母猪那年特别的争气,下了十二个猪仔,我爸妈十分高兴,都在心里盘算着等这猪仔卖了后,爸爸想给家里添一台彩电,因为他喜欢看中央台的新闻联播;母亲却在心里计划着等这猪仔卖了,好给家里添一台洗衣机,因为洗衣机洗衣服既省力又节时。

在那个卖猪的早上,由于离镇上有十多里路远,要走两个多小时,只有在天还没亮就得出门,那时天上下着细雨,路很滑,爸爸和二叔分别挑着小猪仔,母亲打着手电,我给他们提着衣服。在半路上,突然父亲不小心滑进了水田,可小猪仔却从装的筐子里跳了出来,大家都赶忙找跑出来的小猪,由于找猪仔耽误了时间,再加上猪仔落水后,弄得全身是泥,少卖了好多钱,父亲因为滑到水田里全身衣服被打湿,回家后也大病了一场。如今新农村建设改变了农村的面貌,过去的泥泞路一去不复返了,我的心里感到莫大安慰。

"老同学,你在县城工作也难得回来一趟,今晚就在我这儿吃晚饭吧,我一会儿去网两条鱼,我俩好好干两杯。"我看周建是真心挽留,便同意了:"好,我俩好几年没见面了,今晚就在你家喝两杯。"随后,周建就安排他妻子上街买酒买菜,他妻子出门手一招,坐上一摩托车上街去了,没多久就买了回来。

晚上,我就在周建家吃饭,桌上摆得满满的一桌子菜,也算上大鱼大肉。我便和周建边喝酒边说话,周建说:"我初中毕业后,由于家庭困难没再上学而出去打工,我以为这辈子就这样打工哟,现在家乡的条件好了,我也开始干自己想干的事了,你说是不是?"我说:"当然,现在农村才真正是广阔的天地呀。"他却说:"我计划今年初运行,明年再正式运行,三年扩大养殖规模,再招两个人帮忙,我也想当一回老板。五年后,我还要成立养殖联营公司……"我听后,十分高兴,为他的发展蓝图而欣喜不已。

当我起身告辞回家,周建说什么也要送我,我看他喝得醉了就没要他送了。这时,父亲却打电话问我:"怎么现在还没到家呢,你现在在哪儿?"我告诉父亲我在周建家吃了晚饭,正走在回家的路上,父亲说:"你等着,我开着三轮摩托车来接你。"不一会儿,父亲开着三轮摩托车来了,我问父亲:"您好久买的三轮摩托车呀!"父亲高兴地说:"才买了两个月,有了这个,出门上街多方便呀!"于是,我便坐上了父亲的三轮摩托车,仿佛比坐在单位的小轿车上还要高兴,还要舒服呢!

一缕晚风吹来,吹得我的心情十分的舒畅,抬眼望去整个山村似乎沉醉在和谐而美丽的夜色中,不远处传来的《常回家看看》的歌声,却显得特别的动听,也特别的温馨……

# 编竹席的母亲

母亲编的竹席,在夏天睡起来凉爽。

在我的记忆中,母亲不但能干家里的喂猪、洗衣、煮饭之类的活,还能编竹席,而且编的竹席还远近闻名呢!凡哪家要娶媳妇或嫁闺女,都来家里买母亲编的竹席。这样,母亲编的竹席根本不用拿到街上去卖,而是编一张就有人来买一张,有时还要先预订,所以一直都是供不应求。也许是那时家里的经济条件不好,或是因为母亲爱好编竹席这手艺。不管是严寒酷暑,还是农忙农闲,母亲照样忙着编竹席,似乎在换得油盐钱的同时,也能找到劳动的快乐。

尽管母亲编的竹席受人称道,可我以前还从未睡过母亲编的青篾席,而睡的都是编了青篾席后,用剩下的黄篾条编成的黄篾席,那黄篾席睡起来感觉太热也太粗糙了。我不知多少次嚷道要母亲给我编一张青篾席睡,母亲却说:"一张青篾席要卖十几元,现在你们几兄妹上学读书要钱,家里的零用开支更要钱,将就睡黄篾席吧!"听了母亲的话,在几兄妹中我作为老大,也深知父母的不易。

不久,我就考上高中了,要到县城里读住校了,我想这下母亲应该给我编一张青篾竹席了吧,可没想到母亲却说:"孩子,娘知道你考上高中不容易,你最想要娘给你编一张青篾竹席拿到学校去睡,可你知道不,我们家现在经济紧,娘只能编竹席供你们几兄妹上学了,一张竹席卖了就能够你一月的生活费!"我明白了母亲的意思,说:"娘,没事,学校啥都有,你别担心!"去上学时,我背着母亲为我收拾的衣物,乘车去了县城,当晚生平第一次睡在了不知多少次向往的跟天堂一般的县城里,心里不知有多高兴,梦中好像还睡在母亲为我编的竹席上……

我高中毕业后没有考上大学,在为之失落而迷茫时,我准备去广东打工。母亲却再三地劝阻,要我跟她学编竹席,虽然有一百个不愿意,但在母亲苦口婆心的劝说下,还是留下来给母亲学编竹席了。这时,我发现自己虽然落榜,但在母亲的身边一天一天也感受到了家庭的温暖,感受到母亲的勤劳和善良,更感受到母亲每编好一张竹席后欢乐的心情。不久,我就渐渐地走出了心灵的阴影。不久,一位在镇中学教书的老师,来我家为她那即将出嫁的女儿买一张竹席时,发出了深深的感叹:这个年头高中生稀奇得很,在家学打席子,简直误了人家一辈子嘛!他劝我妈一定让我再去复读一年,说不定来年就是一个堂堂正正大学生。

第二学期开学,我又去到县城的学校复习了。临走时母亲再三叮嘱:"孩子,不要有心理压力,能考上就考,不能考上大学,回来再跟娘一起编竹席哟！"我听着母亲的话,不知是想笑,或是想哭,别人哪个当爹娘的,不是叫孩子要努力读书,争取考上大学。但我也因懂得母亲的心情而高兴,也为我有这么一位实实在在的母亲而欣慰。

在我复读一年后,终于考上大学而改变了我的命运,全家人为此感到高兴。在我去上学时,母亲却亲手给我编了一张更加精细的竹席,我却说这次真的不要了,这次是去省城上大学,听说大学里啥都有,母亲也似乎明白,她也就没再要求我带去。

在我真正睡到母亲亲手编的竹席时,是我在回到县城工作多年后,我买了新房,添置了家具,虽说母亲已年过花甲,但她还是细心为我编了张竹席,凡在夏天我就把床垫换下来,再放上母亲编的竹席。仿佛又让我回到那个孩提时代,回到对母亲编的竹席的梦寐以求中,这时睡在母亲编的竹席上,仿佛每个夏天都变得那么温馨和凉爽。

如今,年迈的母亲仍住在乡下,由于她眼睛不太好,行动也不太方便,就再也没有编竹席了。前不久,我回了一次老家,正值天热的夏天,我突然发现母亲的床上没有竹席,却是垫着毛毯,我问母亲:"这么热的天,怎么不换成竹席呢?"母亲说:"我已经习惯垫这个了!"

这时,我才恍然大悟,编了一辈子竹席的母亲却没垫过她自己编的一张竹席。我赶忙上街去给母亲买一张竹席回来换上,第二天早上母亲说:"竹席睡起来就是凉爽,难怪我以前编的竹席这么好卖呀!"

# 小镇剃头匠

在我的记忆中,镇上那个剃头匠王聋子穿得破旧,时常身上都穿一件早已褪了色的旧中山服,脚上总是那双烂黄胶鞋,几乎每天都一个样,也似乎几十年如一日。但王聋子在镇上也算是一个"名人",不管是大人或者小孩都认得他,凡说起剃头匠王聋子,哪个都好像比了解他自己还要了解王聋子似的。

因为王聋子每天都开门摆摊剃头,这样就方便乡下人在他那儿落脚,有时在他那儿坐坐,有时也放个背篼、箩筐什么的,他总是热情相迎,从不说个不字,深得乡下人的好感。虽然王聋子耳聋,但他能从别人张嘴时判断出在说什么,还像好人一样说着话呢,赶集的人来时他总是打声招呼,走时总是叮嘱千万别落掉东西。

我爷爷就是这样认识王聋子的,也就因为这样才和王聋子有了一定的交情,说交情也没什么借钱借米的事,只是每个赶集天赶集时,爷爷就在王聋子的铺子里落落脚,放放东西,没事时进铺子里坐坐,但爷爷也包括我的头几乎就在王聋子这儿剃了,也好还他一个人情似的。

小时候,我最怕王聋子剃头,因为不管我愿不愿意,他总是三两下下来,就把我变成了一个"小和尚"似的光头,不是他不会剃别的头型,他好像觉得我爷爷也是这样剃的,或者是他好像与我爷爷有某种默契,不用说就这样剃成了我爷爷想要给我剃的光头,剃好后我少不了也要骂他几句,可他总是

PART 1
温馨的乡土

笑笑说:"小娃儿剃光头,好洗又凉快嘛!"

在那时,镇上别的剃头摊上冷冷清清,而他的剃头铺里却人来人往,谈笑风生,就是等着要剃头的也一个接一个。那时的王聋子这个剃头手艺,不知有多少为之羡慕,也不知有多少缠着要学,可他就是不教。爷爷却常对我说:"长大去给王聋子学剃头吧,别人说他肯定不教,如果你去学,他肯定要教的。"

其实,王聋子剃头也并不是不讲人情,也不是他耳朵聋就不明白事理。在我上初中后,我更害怕去王聋子那儿剃头,怕他再给我剃成光头,可爷爷硬要我去王聋子那儿剃,最终没犟得过,还是去了王聋子那儿剃头,可他三两下剃了后,我一摸却让我吃惊,头上居然还有头发,并不是像以前一样给我剃的光头呀,再通过镜子一照,给我剃了一个好看的平头,这次我没有骂王聋子了,而且还从心底感激他呢!

后来,我不管是在外地上学或工作,可我每次回老家时,也许是对故乡的思念,或是对小时候记忆的追寻,每次在回老家之前,总不去理发店面里理发,专门留着回家时去小镇上王聋子那儿剃,这时王聋子虽说已六十多岁了,但他剃头时动作还是一样的利落而快速,三两下就完了,理发时在他的手轻轻地抚弄中,似乎让我感到一种亲切。

有一次,我回老家,在小镇上下车后就去王聋子的剃头铺,却怎么找也找不着了,那条街似乎完全消失了。而变成了一片正在建设的工地,我愣住了,经打听才知道,因为这条老街和王聋子的剃头铺一起被拆了,王聋子也为这事气病了,被在外地做生意发了的儿子接他去养病了,并叫他再也别理发了,好好享清福。

前不久,当我再一次回老家,一下车就看见在车站外不远处,王聋子用一张椅子和一根凳子就摆成了一个剃头摊,旁边正烧着一个煤炉子,正在给一个老人剃头,我也走过去,由于他是聋子,无法与从语言上交流,只能也让他给我剃头。这一次,他不知是老了还是想给我剃好点,剃了很久,在剃好后还对我的头左看右看,也一次一次地为我剪弄,我从他那轻轻地抚弄中,心中总有一种甜甜的、十分亲切的滋味。

小时候我最怕王聋子给我剃头,如今我最想王聋子给我剃头,因为能从他那儿让我感受到一种浓浓的故乡情⋯⋯

# 采茶

今天没事,几个同伴相约,沿山爬去山顶上那片茶林,既可借以"春游",又可采得开春后嫩嫩的春茶,着实让我们兴奋不已。

正值初春时节,暖暖的阳光沿头顶直照下来,使我们的脸上已冒出汗珠,同伴们一路沿着陡峭的山路向山上攀爬,气喘吁吁,但从那一路的欢歌笑语中,不难看出大伙儿都跟我一样从心里高兴。难怪我们整天奔忙在厂里时,心情总是显得烦躁,情绪有时也显得低落,生活是多么的枯燥无味。一旦走出了厂里,融入这暖暖的春光中,置身于这无比亲切的大自然里,真是快乐得难以言表。

不一会儿,我们便爬上了山顶,在那一片看似早已荒芜的山林中,那些低矮的茶树依然一行行地排列整齐。在那些茶树上,又挂满了嫩嫩的新芽,大伙围上去,在那些茶林中去努力采摘着嫩嫩的茶尖。我环顾四周,头顶飘浮着蓝天白云,身旁萦绕着还未散尽的雾,再低头一看,山下便是我们打工的小镇,虽然看得见,但却听不见那繁杂嘈人的喧嚣声了,自由自在地在另一片天地里游历。

同伴们各自沿山去采茶,一会儿就隐身于茶树草丛中,如果不是说着话,就难以想象到除了自己还有其他人存在。这时,我偶尔想到有人说过,这山上有蛇,越想越有点儿害怕了,唯恐一下子从身边蹿出一条大蛇来,那不会把我吓倒吗?其实不用听人说,也会想到这么大的山,必定会有大蛇的。心里越这么想着,就越不敢往前走,只站在那儿,用眼睛把前前后后都认真仔细地看看。可在阳光的映照下,树叶与杂草遍地都是,怎么也看不清,相反的越认真看眼睛就越花,心里就更发慌。世间万物都一样,越想把它看得清清楚楚,就是越看越朦胧,反而让人寸步难行,与其说这样,不如不看。

我在心中这样想着,那紧张的神情一下就消除了。我就什么也不想了,大着胆像同伴一样沿山采摘着茶,时而与同伴相遇,一看他们的口袋里多我好多茶,还有那脸上的微笑与高兴的神情,我的心情也像这三月的阳光暖洋洋的。

在采了好一阵后,大伙又聚在一起,吃着随身带来的水果与糕点,以休息一会儿。这时,不知谁说了一句:"今年我们来这里采茶,明年还能不能来采哟?"这一句话似乎引起了大家的共鸣,大伙儿明白其中的意思,打工仔是一片飘忽不定的云,今年在这儿打工,明年就不一定在这儿打工了,如果不在这儿打工,谁还会来这山上采茶呢?

记得去年我们上山采茶时,一位姓范的打工妹也说过:"今年来山上采茶,明年还能不能再来哟!"我很理解她说这话的意思,作为打工仔总是为生计而奔波,今天在这儿打工,说不定明天就去了那儿,因为他们的身份注定是漂泊不定。果然,没过多久,她经历了一场婚变,让本来天真的她,变得沉默寡言,一个美满幸福的家庭,转眼间就没有了。走投无路时,最后选择去了广州打工,以换个环境,去寻找新的生活。

随后,大伙儿又继续分散开去,走进那一行行的茶树丛中,继续采摘嫩嫩的茶。太阳越来越直地从头顶照射下来,照在茶树上,也照在身上,茶树也难以挡住太阳了。但大伙儿热情丝毫未减,相反的说笑声变得更加的热烈起来。这时,茶树林中有一位采茶的当地老人,他告诉我们,这片茶林原来是村里集体茶园,好多年前,这个镇上没有厂矿企业,当地人就把这片茶林当作"摇钱树",不分白天黑夜,更不管山高路陡,去给茶树锄草、施肥、修枝。在开春时,采茶的全村男女老少遍坡都是,热闹极了。后来,这个镇被划为开发区,大小厂矿企业落户小镇,而这里的人们纷纷进厂干活,谁还来问津这片茶园呢,自然而然就荒成这样了。

老人说,他已六十多岁了,每年开春后,他尽管爬山这么费力,仍要来采茶,好让自己尝尝这新鲜的茶,更是让自己看看这片茶园,因为这片茶园是他们那代人从开荒到栽茶树,曾洒下多少汗水与心血,到后来这片茶园成为村里经济的主要来源,为村里人的吃穿用立下了汗马功劳,现在却成了一片荒林,真让他感慨万千。

于是,眼看时间不早了,我们口袋里的茶已采得满满的,准备回家去,但有的同伴说,还采一会儿,难得来一趟嘛。有人建议该回去了,因为肚子饿了。尽管已筋疲力尽,但大伙看着这满满一口袋的茶,这真算是今天的一大收获,脸上露出了甜甜的笑容。

有人建议,我们何不去请教一下这位老人,茶采回家要怎样才能炒好呢。老人说,先炒了再用手搓,搓了又再炒,炒了又再搓,反复两次,就用小火熏干。这当中工艺看似简单,实则需要揣摩,但最主要是要有耐心,火大了就会煳,煳了就可惜了。最后,老人还一再叮嘱我们:"炒茶要细心,跟做任何事情一样,精工细作出来的茶,方为上品。"

我们记住老人的话,沿着来路就走出了这片茶林。此时,我回头去看那一片茶林,似乎还闪动着我们的身影,还回荡着我们的笑声,还飘散着我们的依恋!

>>>> PART 2

# 梦想的村庄

　　这时,村子显得静静的,似乎没有我记忆中的热闹声,特别是在夏天这样美丽的夜晚,到处都是乘凉的人们那热闹的说话声,还有粗犷的笑声和动听的歌声……

# 村庄

一

　　是被那一声声白鹤的叫声，叫得缠缠绵绵的村庄，或是被那如远古般的驼铃声，拉得悲壮苍凉的村庄。村庄，就像爷爷的童话，常在我的梦中摇来晃去。

　　我记得，我的村庄在那一个很偏远的小山庄，三面环山，只有一面是平坝，沿着这坝望去，是一些平整而大小不一的田块，还要那各式各样的农房，一条蜿蜒的小溪横穿其中，给村庄增添了美丽的色彩，有山有水，宁静而和谐，美丽如画。在沿村的另一面山上，却有一条弯弯曲曲的石板路，据说那是以往通往外面的唯一的一条大路。石板路上的石板早已被岁月磨得光溜溜的，一到下雨天，走在上面稍不留神就会摔跟头。这条石板路，好比一双饱经风霜的眼睛，在向世人诉说着那一段悲壮的历史。我还清楚地记得，是我爷爷常给我讲村庄里的故事，都是关于他自己的故事，因为他的故事就是村庄里的故事，他的所作所为，一言一行都融汇在村庄那如烟的往事中。在我爷爷很小的时候，他爹娘就去世了，只剩下他一人。他为了生计，十几岁就去帮长工，挣得了一点微薄的工钱后，就去买了一匹驮马，加入了村庄里的马帮，从此，他就赶着驮马，从这条石板路走出去，替商家运盐运布匹，十天半月就往返于这条石板路上。可有一天，他替一商家驮回盐与布匹时，在这条石板路上遇上了土匪,不但马上的东西被抢走了差点连命都丢了。他根本赔不起这丢失的东西,只好赶着他那匹因受惊而早已跑远的马,站在高高的山顶上,向生他养他的村庄,还有埋在这村庄里的他的爹娘叩了三个响头,更是依依不舍地逃了出去。他就凭着这匹马,一路为人驮运东西,以维持生计,一路不回头地越走越远,先去了贵州,再到了云南,流离他乡,尝尽人间辛酸。此时的村庄,就像天上飘浮的云一样,在他心中既那么亲切又那么遥远。

几年后,我爷爷又牵着他那匹马从这条石板路上回来了,可马背上驮着我的奶奶,一个美丽善良的异乡女子,村里人出门迎接他们,村庄又是像慈母一样,露出了甜甜的笑容。从此,我爷爷奶奶就在这村庄里男耕女织,生儿育女。爷爷依旧闲时赶驮马,早上迎着山那边初升的朝阳上路,黄昏时,迎着那快落下山去的夕阳回家,那条石板路上留下了爷爷多少那为了生计而奔忙的脚步,留下了爷爷那对美好生活的向往。

啊,村庄,仿佛因爷爷的故事而变得那么的幸福、美满,但也缠绵悲壮……

二

是被那美丽动听的流行歌曲,唱得令人心驰神往的村庄,或是被那一座座崭新的小楼房,映衬得春意盎然的村庄,村庄,就在人们的欢歌笑语中,露出了微笑。

在村庄里,那一条弯曲的石板路,似乎早已被如烟的岁月遗弃,留下的只有一段悲壮的历史。而今天取而代之的是一条宽阔平坦的公路,沿坝上直直地向外延伸。也就因为有了这条公路,村庄里就已焕然一新,出门有车坐,买化肥卖肥猪就用汽车啦,每到田里的蔬菜成熟时,城里的商贩就把车开进村来,山里人把菜挑上田坎就能卖钱,这可乐坏了我那年过花甲的父亲,他把自家的半亩地用来精心种植了蔬菜,还想去承包别人的田土,可就是人老了,干体力活不如从前了,他只叹息道:"要是我还年轻十岁,该多好呀！"

那条新修的宽阔平坦的公路,把村庄与镇上的距离缩短了,仿佛山里人一下子还明白不过来,这是村庄或是"闹市"。只知道让村庄里的一切都像城里一样变,转眼间,村庄真的就变了大样。变得最快的是村庄里的房子,过去那些由小土屋变成的砖瓦房,今天又变成了楼房。我家的房子也跟这村庄里的房子一样,一次又一次地变化着,父亲从祖父那里接过的几间盖着稻草的小土屋,而经他省吃俭用节余下来的钱,又修成了几间砖瓦房,而我们又把这几间砖瓦房变成了楼房。在拆迁的那一天,父亲说什么也不同意,他坐在堂屋里,点着叶子烟,嘴里不停地念叨:"这几间房子,是我与你娘省了好几年的口粮,是我用了好几年的空闲时间去给别人换活儿才修成的,怎么能说拆就拆了呢?"我们怎么劝也劝不走父亲,只好暂时不拆,就只好在公路边另批屋基,修起了一幢楼房。从此,父亲就住在这老房子里,我们就住在新房子里,我们谁去接他出来住,他也不肯。

因为有了这条公路,山里人上街时几乎都是坐车,村庄也跟山里一样,特别青睐这条公路,而把那石板路给遗忘了。父亲去赶场时,他不坐车,更不搭我们的摩托车,他仍旧走那条古老的弯弯曲曲的石板路,我们不放心他,也时时陪父亲走这条石板路,父亲走在这条石板路上,精神一下子就出来了,走起路来,也似乎不减当年。他说:"这条石板路,我整整走了五十年了,以前这条路上人来人往,如今却冷冷清清,以前这条石板路是山里人赶驮马上街,出去闯荡世界的必经之路,如今却没有人走了……"父亲走在这条弯曲的石板路上感慨万千,而我走在这条石板路上,也被父亲的情绪所感染,仿佛我看见了那长长的驮马队,还有那一个接一个沿这石板路去赶场的山里人,驮铃声声,欢歌笑语……

啊,村庄,是那一条宽阔平坦的公路,让村庄变得让人眼花缭乱,只有那条石板路,还在山风中如泣如诉……

# 三

是被那远走他乡的脚步,踏得忙忙碌碌的村庄,或是被那块块荒芜的田野,抹上一丝迷茫的村庄,村庄,总在父亲期盼的眼睛里,飘曳不定。

村庄,也被改革开放的春风吹得春意盎然,那树转眼间变得更绿,那水转眼间就变得更清,那些昔日被庄稼人视为生命的土地,在今天也荒芜着,以一双期盼的眼睛,盼望着什么。村里,虽然有了公路,有了楼房,可村里没有工厂,村里的年轻人已改以往祖祖辈辈在田间劳作的生存方式,像小鸟一样,飞向四面八方。走去了城里,踏进了工厂,虽然干着城里人不愿干的脏活累活,但每月那上千的收入,却让多少山里人心动,更让饱经贫困的村庄兴奋。

我们几兄弟也跟村庄里其他年轻人一样,像一群小鸟,而村庄就像鸟巢,每年开春就从这里飞出去,每年冬天又从外面飞回来,扑入村庄那暖暖的怀抱。就这样,我们四处打工,叫年迈的母亲别再种田土,粮食拿钱回来买就行了,可一生都视土地比生命还重要的父母,依旧佝偻着身腰,在田野里干活,父母感叹道:"人老了,干体力活不行了,但这土地如果荒着,多可惜呀!"

父亲虽然把自家的土地种了,但他看着村庄里有些人家的土地仍荒着,他忧思着、叹息着:"这到底是怎么了?有了工厂,就不要土地了?有了城市,就不要村庄了?"仿佛他还看见村庄一天一天地被山里人遗弃的那双悲哀的眼睛。不久,我弟弟在外打工挣了些钱,准备在镇上去买房子,父亲知道了,死也不同意,说如果弟弟要去镇上买房子,就不再要他这个父亲,因为在父亲心里,村庄就是自己的出生地,村庄里埋着自己的祖祖辈辈,村庄就是自己的根。弟弟没有办法说通父亲,就暂时放下了在镇上买房子的想法,父亲心里也觉得踏实了。

一晃又是一年,村庄里出去打工的年轻人,都似乎挣了钱回来,有好几户人家都在镇上去买了房子,而成了镇上人。父亲出门或去赶场时,总听见有不少人都在夸这些年轻人能干,出去打工一两年,就挣了钱回来在镇上买起了房子。父亲越听越觉得心里不是滋味,最后,他也主动提出让弟弟去镇上买房子,弟弟就去镇上买了房子,把户口也转去了,也成了镇上人。父亲出门或赶场时,也听见别人在当面夸我弟弟,父亲心里高兴,高兴过后,脸上又流露出淡淡的忧伤,仿佛父亲的忧伤也是村庄的忧伤,那曾养育过祖祖辈辈的村庄,难道就不能养活这一代年轻人吗?再过几年或几十年,村庄,还不是跟那些荒芜着的土地一样,荒芜下去。

不久,村庄里突然来了一个城里人,把村庄里那些荒芜着的田土承包了下来,说是搞观光农业,土里栽桃树,田里种藕,父亲不解,城里人到乡下来,乡下人又往城里挤,这到是为了啥,是该为村庄悲哀,或是该为村庄高兴呢?

一晃又是几年,每到初春时节,那大片大片的桃树开出美丽的桃花,芳香四溢,让人陶醉。夏天,那大片大片的荷叶如撑起一把把绿伞,冰清玉洁的荷花,更让人赏心悦目。从此,村庄里迎来了一批又一批前来观光的城里人,他们那时髦的打扮,让古老的村庄也荡出一丝丝现代色彩的涟漪,他们手中的照相机,在"咔嚓咔嚓"声中,把村庄留在他们那美丽的笑容里。

啊,村庄,因为有了山里人远去他乡的脚步,而变得梦萦魂绕,也因为有了城里人来乡下,变得更加的美丽迷人……

# 初春

当人们还停留在丝丝寒意中，初春就悄悄地来了。

在那不经意间，初春就像一个顽皮的小家伙，从日历表上欢快地"蹦"了出来，让人们的眼前一亮，心底里一下子就变得热乎乎的，脸颊顿时变得红红的，梦境中充满着无尽的向往，眉宇间流露出无限的喜悦之情，高兴地说一声："啊，又是春天了！"

北宋诗人秦观在《春日》诗中写道："一夕轻雷落万丝，霁光浮瓦碧参差。有情芍药含春泪，无力蔷薇卧晓枝。"于是，初春便被一场细细的小雨，浸润得有滋有味，描绘得有色有声。瞧，那雨后的庭院，在晨雾薄笼中，也充满着春的灵气；那静卧的静蔷，在白雾清露中，也满含春的柔情，变得娇艳妩媚。

初春，就这样存放在人们的心底里，萌芽在人们的想象中。人们在相互的问候中，每一句话里都充满着春天的气息，每一个微笑中，都绽放着春天的美丽。那院前的光秃秃的树梢上，嫩嫩的新芽似乎正在一个劲地往上冒；那解冻的河面上，似乎又飘荡出淳朴而浑厚的歌声；那一条条弯曲的小道上，又开始晃动着奔忙的身影……

这时的初春，在人们那下地时匆忙的脚步中，在人们那播种时满含希望的笑容里，在人们那出门时充满梦想的目光中，变得羞怯又腼腆，变得抽象又具体，变得含蓄又深沉，变得清新又缠绵。老人坐在宽宽的院坝里，在那

暖暖的太阳光下,晾晒着一冬来的微笑;年轻人却下到地里,去播撒希望与梦境;正在青春萌动的少男少女,却跑去小河边或者山野上,追寻阳光般如醉如痴的梦幻!

在这初春里,爽朗的笑声,欢快的歌声,播撒种子的声音,总在山上山下,田块土里回荡着,似乎是在奏响一首春天的交响乐。那绕山间的白雾,也笑成了一片金灿灿的阳光;那绕小山村流过的小溪,也改往日的沉默,而唱起了"泉水叮咚,泉水叮咚响……"的歌儿;那一片沉寂了一冬的原野,也在农人锄头的挥舞中,吟诵着比诗还美,比诗还深刻的"春种一粒粟,秋收万颗籽"的农谚;那躲在林间的小鸟,也在用另一种更加形象更加含蓄的语言,吟咏着"春眠不觉晓,处处闻啼鸟"或者"春水初生乳燕飞,黄蜂小尾扑花归"的诗句。

那沉睡了一冬的水田里,农人打着牛走过,一行行散发着泥土味的诗句,就从初春那美好的意境里,飘了出来;那弯曲缠绵的乡间小道上,恋人相依相偎,踏青的脚步,在初春那浓浓的气息里,构成浪漫的风景;村口那一条清澈透明的小河边,女人们用爽朗的笑声,将初春描绘得淋漓尽致……那小桥流水旁,那古道芳草边,那宽阔平坦的公路上,那高楼林立的闹市里,都无不留下初春的问候语,留下初春的脚步声……

啊,初春,让梦境变得美丽,让希望变得殷实!

 # 童年的梦想

一

　　每当我迎着朝阳,踏进厂门的时候,每当我用握过锄头的手,开动机器的时候,每当我望着我生产出的工件,像田野里那成熟的苞谷的时候,我便情不自禁地叫道:"当工人真好!"

　　当工人,则是我小时候的梦想。那还是我上小学的时候,我的班主任胡老师,是一位刚从师范学校分出来的年轻漂亮的女教师,她那文彬彬的气质与时髦的打扮,在我们这个偏远的小山村里,构成一道美丽的风景。不管她走到哪里,总有无数双山里人窥视的眼睛,尤其是那些正值青春年华的小伙子,更是产生倾慕之情。我当时只是一个孩子,对年轻漂亮的胡老师,在心中只觉得她漂亮好看,似乎再也没有别的了。有一天,我看见我的班主任胡老师带着一个高个子男人来到学校。那高个子姓王,人称王师傅,就是胡老师的男朋友。王师傅比胡老师要大好多呢,看上去相貌平平,毫无惊人之处,大人们还背地里说,这么年轻漂亮而且又有文化的胡老师,怎么找这么一个老男人,图个啥? 还不是图他是一个工人。由此,"工人"这个词,在我的心中留下了很深的印象。

　　有时逢年过节,我们小山村里便有在外当工人的人回来探亲,看着他们穿着劳动布工作服,胸前还印着"某某煤矿""某某机械厂"的字样,与他

**PART 2**
梦想的村庄

们那背上背着的大包小包行李,逢着大人就递烟,看见我们小孩就拿糖,那样风风光光,那样得意的神情,我更觉得当工人真好,多风光啊!更有一位与我父亲是老表的表叔,他回来后我父母还要上街去买上好酒好菜,专门请他来家里喝酒,以表示对他的敬重。表叔来了后,我叫了一声表叔,表叔就随手递上一元钱给我,我看着这张崭新的一元钞票,心中高兴得不得了。因为在那个年代,给长辈拜年,最多只拿三五角钱。况且,这是一张崭新的似乎未折过的钱,我舍不得花,夹在书页中时不时拿出来在同学中展示,引以为自豪。我在心里总记着,我有一个当工人的表叔。表叔临走时,还用手拍着我的肩膀说:"好好读书,长大了好去当工人。"

对,我长大后一定要去当工人!我就在心中暗暗地发誓。

当"工人",或许就是我的最大愿望。

二

或许,是因为我们这个偏远的小山村,因为贫穷,就没有很好的发展教育,没有多少人重视读书,更没有出过什么"局长""乡长"等大"官",只有几个因一些厂矿来村里招劳力工时,招出去几个人。所以,尽管这些工人都是在煤矿厂里下水井挖煤的体力工,在机械厂里扛箱打包上下车的搬运工,但总是工人。我的父母对我最大的希望,也是长大后能当"工人",才不会背太阳过山,才不会挑断粪桶架,那才是多么荣耀的事呀!

从此,我读书的目的,好像就是为了像表叔那样当工人,也像王师傅那样当工人,找一个年轻漂亮得像我的班主任胡老师那样的老师做老婆。表叔每次回家来,我父母总要去请他喝酒,也盼望着我快点长大,因为表叔常说,他厂里好久好久又招了一次工,他的哪房亲戚的侄儿,又被他帮忙弄进厂里当了工人。

随着年龄的增长,有好多事我已经淡忘了,但就是忘不了表叔当初给我的许诺:"你长大了,表叔一定帮你忙,弄进厂里当工人去。"可在我真的长大后,表叔一次又一次回家来,似乎再也没有提过这事了。

在我高中毕业后,正逢火热的南下打工热。我也准备南下去打工,父母总不放心,说:"还是等你表叔那厂里招工再说吧!"我说:"等表叔,还不如自己去找活干。""你这样出去,只是去打工,不是去当工人。""打工也是当'工人'嘛!工人不外乎就是离开家乡,去到厂里上班,去开动机器,生产工件。"父母似乎觉得当"工人"与打工不同,但又觉得打工与当工人就是这么回事,心中明显不支持,但又找不到恰当的理由反对。我就背上行李,独自来到深圳。

在那到处是高楼大厦,遍街都是外地来的打工的人群中,我没有熟人,更没有相应的专业技术。我便带着当"工人"的梦想,更带着对未来的憧憬,去了很多地方,也找了很多厂,最后在一家机械铸造厂里找到了活干。因为铸造这活儿每天都在大炉旁烤着,是又热又累又危险的活儿,没有其他如玩具厂、电子厂等活儿轻松又安全又那么紧俏。

我便为自己终于找到一份工作而欣喜。

我便为自己终于实现了童年那当"工人"的梦想而万分的高兴。

二

在进厂时,我兴奋得连续几天都没有睡好觉,心想:这下我真的当"工人"了,也可以像我表叔一样,回家后可以风风光光,可以大吹而特吹了,可以被很多人请喝酒请吃饭。

然而,这里并不是我想象的那样美好。虽然每天三班倒,每个班八小时,但在火炉前的高温下,感觉到头晕眼花,汗流浃背,每天下班回来,总感到筋疲力尽,那握着铁夹的手,像被铁丝扭着一般的疼痛、发麻,不能伸展。

这时,我只想回家。这时,我只喊娘,泪水自然而然地流了出来。这时,我只想写信把这些告诉父母,可又怕父母担心,又把写好的信扔掉,重新写成这里一切都好,真像表叔所说的那样,当"工人"不外乎就是按时上下班,不挑不背,只是手上的活儿,一个月能挣上好几百元钱呢!很快,我就收到父母的回信,说村里人都为我能进厂当"工人"而感到高兴,表叔也回来了,他也看过信,还夸奖我行呢。同时,父母在信中还鼓励我好好干。我读着父母的信,多少心里有些踏实,更有些高兴。

人有些时候,在进退两难时,唯一的办法是选择忍耐,选择适应。我想回家去帮父母干农活,多悠闲自在,不想再干这种又热又累又不安全的活儿,因为用熔化了的铁水铸造工件,稍不留意就会被铁水烫伤。可又一想,这样出来又这样回去,岂不让人笑话,也舍不得在我心中沉积了好多年好多年的当"工人"的梦想,便又下定决心待了下来,一干又是一年多。

我似乎已经习惯了这种工作环境,每天穿着统一的工作服,胸前挂着厂牌,迎着初升的朝阳进厂,然后去开动机器,去干活。中午走进装饰一新的食堂,拿票打饭打菜,与工友们围坐在一起,谈天说地,其乐无穷。下午下班后,还可以去逛商场,穿过繁华热闹的街道,行走在打扮时髦的人流中,心情是何等的舒畅。夜里,总是梦回故乡,又回到父母的身边,梦呓里总是喊着:"爹!娘……"

这一切的一切似乎成为我的一种生活习惯。

周而复始,按部就班,有苦也有乐。

## 四

后来,我所在的机械铸造厂,经过几年的发展壮大,由先前的不上百人的小厂,发展到近千人的大厂了。我因为天生的农民本色,还因为我从小就有当"工人"的梦想,干活不怕苦不怕累,实打实地干,又加上我能写,我就被提升为轧铸车间主任,专门负责轧铸车间生产管理工作。从此,又开始我新的生活,我又对明天充满希望,也为小时候梦想中的当"工人"涂上一层更新更美的色彩。

不久,我收到父母的信,说表叔所在的煤矿厂,已由国营改制为股份企业了,表叔也下岗了,问我能不能帮他找个活儿干。我茫然了,为什么表叔也会下岗,表叔在我心中一直是个很风光的人物,一直是小山村里的骄傲。可以说山村里没有哪个父母教育孩子时,不拿他们当比喻,他们成为小山村的童话和奇迹。从某种意义上讲,是他们对改变小山村里的落后与贫穷起到了推波助澜的作用。这下,我一直很崇拜的表叔,犹如我梦中的花朵突然枯萎了。我茫然,我痛心,我似乎想哭,为什么在我心中仅存的一点完美的梦想也破灭了。国企的改制,工人的下岗,当然不足为奇,仅在我这个轧铸车间干活的就有好几个是国企的下岗工人。可为什么今天找我的又是我的表叔呢? 我不明白,更不想明白,但又不得不去面对。或许梦想只属于童年,或许在一个人长大了后,就不再有梦想了。

也许,国企的改制,使多少人的梦想也都破灭了。

随后,我还是积极为表叔联系活儿。因考虑到他已是快五十岁的人了,只是一个下井矿工,没有轧铸技术,来这里学轧铸吧,年龄有限,扛包上车呢,体力恐怕不行,再说,这里的第一线工人是绝对不收这么大岁数的人的。正好,厂里有一个门卫辞工走了,我便马上替表叔揽下这活儿。表叔来厂里上班后,他因在国营大厂里干了几十年,很有工作原则,早来晚走,工作极为认真,很快被厂里评为"劳动模范"。

虽然,表叔不再是我心中的梦想了,但一样是我为人的榜样。

我依然为我有这么个表叔而自豪!


# 五


就这样,我一干又是两年多,虽然我只是一个轧铸车间主任,算不上什么"官",但至少是我当初想象中的"工人"的梦想吧! 每天踏着上下班的节拍,每天与亲如兄弟姐妹的工友工作和生活在一起,也能感受到工作的乐趣,更能感受到打工的快乐。

后来,我回了一次家,家乡修起了宽阔平坦的乡村公路,家里安装了程控电话,村里发生了翻天覆地的变化。这时,我想到了我小时候读书的村小学,想到了那孕育着我童年梦想的学校。我便去到学校里看看,原先那破旧而低矮的教室不见了,而变成了一幢三楼一底的教学楼,我记忆中年轻漂亮的班主任胡老师的男友,那个当工人的王师傅,因为今天我的女朋友也是这个村小的代课教师,在我的眼里,她也跟我记忆中的班主任胡老师一样的年轻漂亮,我为我记忆中的王师傅自豪,更为我今天赶上了新时代,扔掉锄头就可以进厂当"工人"而自豪,也为我找了一个像胡老师那样美丽漂亮的女朋友而欣慰。

我记忆里,因为有了年轻漂亮的班主任胡老师与她那当工人的王师傅,使我童年的梦想,依旧纯洁而美好。

在今天,村里人不管学历高低,不管年龄大小,更不分男女,都可以出门打工,走进昔日令多少人梦想着的工厂,用握过锄头的手,去开动机器,去生产各种各样的工业产品……这不知圆了多少山里人的梦想。在我们的小山村里,常有人自豪地说:"我的儿子也是'工人'了,我的闺女也是'工人'了,我的媳妇也是某某厂的'工人'了……"

这天,我又乘火车返厂,一路上我看着车窗外那些沿途的大小城市,正显现出蓬勃生机,那些大小厂矿里,农民工就像在自己的田野上耕种一样,在那轰鸣的机器声中,突飞猛进,在那火热的轧铸车间里,挥汗如雨……看着自己生产出来的工件,像田野里成熟的苞谷一样,沉甸甸的,心情却格外的舒畅!

当"工人",不再是梦想。

啊,我终于实现了我童年的梦想!

# 生长梦想的村庄

在村庄里，梦想就像田里的庄稼一样，总被春雨润育，更被太阳照耀。

不管是太阳爬上树梢的清晨，或是月亮落到水里的夜晚，都会有梦想飘曳；也不管是油菜开了花的春天，或是稻子抽了穗的秋日，都会有梦想点缀；更不管是黑发染成白发，或是背脊弯成弓犁的老人，都会为心中的那个梦想而陶醉，更会为心中有一个梦想而欣慰！

在我的记忆中，父亲是个老实巴交的山里汉子，在那饥饿的年代，父亲最大的梦想就是能让全家吃一顿饱饭。为了实现那个梦想，他拼命地干活，努力挣工分，生活的负重，也没能压垮他的意志，再大的困难，他也能克服。似乎就是那个梦想，支撑着他走过了那段艰难的岁月。

母亲是个普普通通的农村妇女，她依旧有梦想。每逢过年看见别人的小孩穿上新衣服时，她的梦想是明年我们几兄妹也能穿上同样漂亮的衣服；在我们很小的时候，她总是梦想着我们快快长大。在长大了后，她又梦想着我们能成家立业，结婚生子，重复着祖祖辈辈的生活足迹……母亲似乎就在这个梦想中，幸福而快乐地走过她的大半个人生。如今老了的母亲，依然在梦想中徜徉，她不图我们能为家里做多大的贡献，只梦想着一家人能平平安安。

可姨婆的梦想，似乎就一直在那条石板路上延续着。记得不管是凉风习习的清晨，或是月明星稀的夜晚，我总是看见姨婆一个人坐在院坝里，痴痴地望着门前的那条弯弯曲曲的石板路，好像听说姨公就是从这条石板路

被抓"壮丁"去了的,似乎就再也没有音讯,也不知多少次听见别人在劝姨婆改嫁,可每次总是听她回答说:"我昨晚做了一个梦,梦见他从这条石板路回来了。"

就这样,姨婆一直等待着,梦想着,直到她和姨公生下的儿子长大了,儿子的儿子又长大了又有了儿子时,姨婆仍在梦想着姨公能从这条石板路上回来,直到最后临死的时候,她说:"我终于把他等回来了! "说罢,就永远闭上了眼睛。

跟姨婆有着同样的"梦想"的,就是村里的刘三爷了。听说刘三爷一直对姨婆好,在姨公被抓"壮丁"后,他就一直帮姨婆干农活,犁牛打耙,栽秧打谷,都是他来帮姨婆做,他的这份心思年轻的姨婆当然明白,可就是谁也没有把这事说穿,就这样各自沉浸在各自的梦想里。

每当夜幕降临,刘三爷便在村口那棵树下等。等待月亮升起,等待星星挂满天空,等待着心中的那个梦想在这月夜里,渐渐地变得浓浓的变得美滋滋的就像这美丽的月夜一样,点缀着他那孤独而浪漫的一生。直到临死的时候,他始终落不下最后那口气,大家都不知道他还在想着什么,只有年老了的姨婆明白,她走过去哭着说:"你安心去吧! 其实,你的心思我早就明白……"就这么一句话,让刘三爷终于含着微笑走了。

在村庄里,似乎山里人个个都有梦想。梦想就像春天的花朵一般,时时散发出醉人的芳香;更像田里的庄稼一样,在明净如水的月夜里,滋滋地抽穗拔节……有的梦想自己地里的庄稼,比别人地里的庄稼长得好的;有梦想自己新修的房子,跟城里的楼房一样高档的;有梦想走去城里打工,而发了财成了大款的;更有梦想自己的儿子考上大学走出这山里的,实现了从祖辈传下的梦想;也有丈夫出去打工而留守家中的妇女,又继承了姨婆一样的梦想的;也有一些光棍汉做着跟刘三爷一样的梦,而最终让这梦想点缀着他那孤独而浪漫的人生的……

啊,在村庄里,梦想就像田里的庄稼一样,总被春雨孕育得绿油油的,更被阳光照耀得金灿灿的!

 # 麦子喂养的村庄

麦子喂养的村庄,总在丰盈充实的日子里摇曳;麦子点缀的村庄,总是显现出蓬勃生机。

深秋时节,在经过了一个季节的悠闲的山里人,这时也像沉寂了好长时间的麦子一样,开始"春心"萌动,播下对来年的期盼。于是,他们走去山坡上,用欢歌笑语点缀着村庄,用关于麦子的话题丰富着热闹而繁忙的深秋。"你家的麦子怎么收藏得这么好?白白胖胖的,真像一个大闺女呀!""麦子麦子,就是自家的孩子,它会因你而充满灵气!"一时间,仿佛麦子就在他们的谈话中,像一个待出嫁的姑娘,变得有些害羞起来。

山坡上就因播种麦子而变得热闹起来,挖土的锄头的响声,伴随着山里人欢快的说笑声,从山顶上传来,这山映那山,山山相连,犹如秋雨般地洒满整个村庄,洒向整个大地。播种的手最能感受到麦子的亲切,当麦子轻轻地从指间滑落的瞬间,似乎才真正感受到麦子在心目中的分量,一粒麦子或许就是一个生命的诞生,一粒麦子就能孕育出无数的希望。

在麦子播下后,或许就会下雪,厚厚的白雪覆盖着麦地,而麦子就会在土壤里发芽、生根,不管土地肥沃与贫乏,不管严寒或霜冻,都一个劲地生长。树上的那些树叶随风飘落了,只留下光秃秃的枝条时,土地里的麦子便长出青青的麦苗来,将山上山下,漫山遍野点缀,这时的村庄,便因青青的麦苗而充满生机。山里人没事时也去麦地里锄锄草,让麦子不因杂草的浸入

而误入"歧途",山里人精心呵护麦子,麦子便越长越高越胖壮越嫩绿。

开春后,山坡上的野花竞相开放,麦子依旧保持着它那朴素的性格,以它青青的麦苗陪衬着娇艳的花朵,让春天的大花园里多一些纯朴的生命的"本色"。山里人似乎不为花朵感动,而是为土里的青青的麦苗而惊喜。

在三月那暖暖的阳光下,在布谷鸟的"布谷—布谷"叫声中,麦子成熟了,金黄金黄的麦子在微风中摇晃着,晃得山里人的心开始躁动起来。于是,在那一声声粗犷的"割麦啦—割麦啦—"的吆喝声中,沉甸甸的麦秆便在手中滑落,饱满的麦粒从欢笑声中滚出,经过一冬的期盼,沉寂了一冬的等待,便像麦子一样晒在太阳下,享受着和谐与宁静。在去除水分与杂质之后,挑上最好的麦子做种子,像希望一样珍藏在梦境中。然后便将麦子磨成面粉,细细品尝,像细细品味着丰盈而充实日子。

麦子喂养的村庄,总是那么的富饶而温馨;村庄里生长的麦子,总是那么朴实而善良;山里人一样的麦子,不管是在肥沃或者贫乏的土壤里,还是在霜雪的覆盖下的严冬,或是在暖暖的春阳下,总是以一种乐观向上品质,以自强不息的精神,用纯朴的生命的"本色",将村庄点缀得生机盎然,有色有声;用不掺杂"水分与杂质"的勤劳与朴实,将山里人丰盈充实的日子一代一代地延续……

啊,村庄,因麦子而美丽;麦子,因村庄而充满"灵气"!

# 关于农具的记忆

## 母亲与石磨

我家有副石磨,母亲却把它视为珍宝,每次搬家她都带上。

石磨,就是山里人用来磨面粉用的农具,它是用山坡上最硬的石头做成。每到收完麦子后,它便不停地转动着,那随处可见的推磨的动作,是那么的生动而形象,那到处都能听见磨子的"吱嘎吱嘎"的声音,仿佛是山里人在奏响一首丰收的乐曲。

我家的那副大石磨是祖传下来的,听说是祖父的父亲早年去贩盐时从云南花钱买回来的,也算是"传家宝"了,这副石磨在我父母的心目中就显得尤其珍贵。而更让母亲舍不得石磨的原因,是因为那时没有机器磨面,一家大大小小的七八口人,全靠这副石磨磨面来养活。一年到头,从土里收的麦子、玉米、高粱都是用这石磨磨成面粉,然后做成麦粑、玉米粑、高粱粑来吃,虽然没有现在机器打的面粉精细,但那时就因为这石磨能让我们全家填饱肚子,更能体会出从播种到收获,再到用石磨磨成面粉的过程中,会有一种因劳动而带来的喜悦和乐趣。

我几乎是听着这石磨转动时的"吱嘎吱嘎"声长大的,很小的时候,常常是母亲背着我推磨磨面,稍大点我就帮着母亲推磨磨面粉……我更是像许多山里人一样,吃着用这石磨磨出的面粉长大的。

更让母亲欣慰的是她因这石磨好,而用这石磨磨出豆浆做的豆花好吃,而远近闻名。谁家嫁闺女谁家接媳妇谁家满十,都得来用我家的石磨磨豆浆,都得请我母亲去煮豆腐,母亲煮的豆腐白白的嫩嫩的很好吃。母亲凡听到别人夸奖她时,总是打心眼里高兴,更是打心眼里说:"这都是我家那副石磨好,磨出豆浆又细又白嘛!"仿佛母亲因石磨而变得贤能,石磨因母亲而变得有了灵气。石磨就在母亲勤劳的手中,不停地转动,日复一日,年复一年,日子一天天的变得丰盈充实起来。

如今,磨面却是用机器磨了,可母亲依然舍不得家里的那副石磨。在从老屋搬至公路边刚修好的新房时,母亲硬要请两个人把石磨搬过来,而且还要按原来的样子安好。现在我家又从家乡搬至县城,母亲依然要带上石磨,不管怎么劝说,母亲坚持要带上石磨,她说不然她就不去县城,我只好同意她带上。

在县城里的母亲,时常用湿帕子将石磨洗得干干净净的,有时还对着石磨说话……

## 父亲与水车

水车是用来车水的,作用相当于今天的抽水机。

在那还没有抽水机的时代,大凡在农历二月间,山里人就开始整田栽秧,可地处高处的田没水,就得用水车往上面车,这时就是水车最能派上用场的时候,把生产队里的所有水车都搬出来,从河边一个一个往上排,水车与水车之间挖一个小坑,下面的水车就把水车在小坑里,上面的水车又从坑里往上车,依次往上车水,这样十个八个水车排成一个车水长队,水就一站一站地从下边的河里车了上去。

虽然这种车水是用木质水车,操作起来十分方便,但却十分需要耐力,往往这个时候就是山里人最能体现能力的时候。这时,队里便开会选择有这方面能力的人,如果被选上去车水,工分得双份不说,还得落下一个好名声。每次队里选人车水时，父亲总是第一个被选上，不识几个字的父亲其他不说，就是车水干体力活最行，这时他总是高兴地对队长、会计们发几句牢骚："不怕你们吃墨水比我多，有本事车水去？"同时也不知投来多少山里人羡慕的目光。

尽管父亲力气大，但在车水的时候，他还是要顾及大家，该慢则慢，该快则快。因为如果下面的人力气大车得快，而上面的人力气小车得慢，水就会从小坑里流出来；如果下面的人力气小车得慢，上面的力气大车得快，小坑里没有水了，上面的又得停下来等，这下谁快了谁慢了就会有被人发现而说三道四，这样大家都很敬重父亲的为人。

今天，虽然水车这种农具已从山村里消失了，取而代之的是抽水机。但年过七旬的父亲常常谈起这车水的往事，他说："想那几年车水，谁不想与我一起车；想那几年车水，哪年队长不是第一个点到我；想那几年车水，几天几夜不下水车，现在谁还行……"

水车，似乎留给父亲的是无比的快乐与欣慰！

# 小镇上的"河水豆花"

小镇上的"河水豆花"，白白的嫩嫩的，姑娘那叫卖的"豆花啦——河水豆花啦"的声音，更是甜甜的十分动听，真叫我至今难忘。

小镇依山傍水，热闹非凡，那沿街低矮的房屋，总在视线的尽头一个劲地延伸；就在沿街的摊点那花花绿绿的色彩里，一个撑着白布篷的卖"河水豆花"的小摊点，像腼腆的少女般地立在街边，那白白的嫩嫩的豆花在花花绿绿的阳光下，更加的耀眼；那在摊前一边忙着一边叫着的姑娘，那甜甜的十分动听的"豆花啦——河水豆花啦——"的声音，似乎沿着那拥挤的人流飘散开去，似乎将小镇点缀得也像这"河水豆花"般的白白的嫩嫩的。

不知这小镇上的"河水豆花"源于何时，听大人们说也有很多年的历史了。当时小镇上卖"河水豆花"的有好几家，可在那连饭都吃不饱的年月，又有几个乡下人舍得花一毛钱去吃一碗"河水豆花"呢。其他的几家都改行做别的生意了，只有这一家却坚守着"祖业"，不管生意好与不好，都照样卖着"河水豆花"。每次我上街，总嚷着要去吃一碗，才觉得这回上街没白来，可母亲总是舍不得紧紧揣在手里的钱，便说："我们回去自己做，家里的跟街上的一样的好吃。"于是，我便很不情愿地跟着母亲走开了。

或许就因为小镇上的"河水豆花"那诱人的清香，或是那卖"河水豆花"的姑娘的甜甜的声音，小镇却成了我儿时梦中的"仙境"，我不知在多少次欢乐的梦中，梦见过小镇在我想象中腾飞，在我的期待中定格，在我的渴望中摇来晃去。我想像一只小鸟般在小镇上筑巢，可小镇依然只在我的记忆中摇来晃去。春夏秋冬，寒来暑往，小镇总在古朴而幽雅的氛围中，开始着每天那精彩而热烈的故事；在平凡而清闲的日子里，重复着昨天的那真实而虚无的细节……每一个故事，都像"河水豆花"般的活灵活现；每一个细节，都像那"豆花——河水豆花啦——"的声音般的甜美而感人。

尽管小镇上的河水豆花好吃，可我真正吃到小镇上的河水豆花，还是我在镇上念初中的时候，那是上学的第一天，我就跑去吃"河水豆花"，虽然这"河水豆花"吃起来跟母亲做的在家里经常吃的没两样，但吃着却是另一番滋味。那曾不止一次在梦中飘浮的清香，那曾不止一次在我眼前晃动的白白的、嫩嫩的豆花，真正的让我陶醉了。

如今，小镇上一幢幢崭新的高楼拔地而起，那沿街古朴的摊点已变成了宽敞的门市、商场，那街上的石板路已被水泥路代替，四通八达的公路缩短了城乡的距离……我跟许多乡下人一样，已从乡下落户小镇，走进了我儿时梦想中的"仙境"。可让人想不到的是那个卖"河水豆花"的摊点却在镇上消失,而搬去了乡下的山村里,开起了"河水豆花农家乐",常有城里人开着小车去吃,当年那个卖河水豆花的姑娘,如今却成了"农家乐"连锁公司的总经理。这"河水豆花"似乎更让我望而生叹,我真弄不明白,镇上人去到乡下,乡下人进城里,到底哪是镇上,哪是乡村?

由此,我也时不时像城里人一样去到乡下的农家乐里吃"河水豆花",那"河水豆花"依然白白的嫩嫩的,那"豆花——河水豆花啦——"的声音,依然甜甜的十分动人,但却不是当年的个姑娘的声音,而是一个专门请一位著名歌手录制的一首歌曲,每天让人从那优美动听的歌声中,感受到老百姓的日子,正被清清的河水喂养得如姑娘般的白白的,嫩嫩的、胖胖的……

啊,小镇上的"河水豆花",正在山里那暖暖的阳光下,交相辉映,熠熠闪光!

# 月光下的村庄

凡是有月光的夜晚,村庄总是显得格外的美丽。

平日里,古老而零乱、忙碌而空旷的村庄,只要在月光的映照下,就显得那么的美丽而整洁。那些散落在山坡间的农舍,这时却变得有头有尾,有轮也有廓似的,人们在或明或暗的灯光下,唤着还未回屋的小鸡,赶着还未进圈的牛羊……这些声音,或大或小,或温柔或粗犷,只要在这月光的浸泡下,总是散发出欢乐与温馨的气息。

　　这时,村口这边传来一个孩子的歌声:"我们坐在高高的谷堆旁边,听妈妈讲那过去的故事……"不一会儿,那边又传来一个姑娘的优美的歌声:"月亮走,我也走,我送阿哥到村口……"这些歌声,就像一缕轻风拂过人们的脸面,更像一泓清泉浸润着人们的心田。爷爷将小孙子搂在怀里,一边轻摇着蒲扇,一边轻拍着怀里的孩子,听着这远处传来的歌声,他也在低声哼唱着,唱的什么歌呢,似乎只有他自己才知道。孩子就在爷爷的哼唱和轻拍中,甜甜地进入了梦乡,脸上、嘴角,还挂着笑。

　　很快,夜色慢慢来临了,人们便走出家门,或端着小板凳,或抬出毛竹编的凉床,或坐或躺在院坝里乘凉。他们便迎着清新的风,望着明亮的月,十分惬意地拉拉家常,然后慢慢地睡去,一般要睡到下半夜月亮偏西,才回到屋子里去。有时,也会在外面睡上一通宵。也有人在这美丽的月光下因久久不能入睡,而静静地坐上一夜,心里想着那个偷偷地钻进他心里的女人,仿佛只有在这美丽的月光下,他的遐想才变得那么的浪漫……

　　村口那棵老槐树,在这皎洁的月光下,如巨伞一样张开着的树冠,不再绿,也不再黑,每一片叶子都是银色的,亮晶晶的。那神态既像一个和蔼可亲的老人,又像一个饱经沧桑的汉子,用沉默与微笑讲述着他所走过的那段苦涩而艰辛的岁月,用痴情与忠贞守望着许许多多的人守望了一生的梦想……村庄似乎因为这棵月光下的老槐树,而多了几许缠绵与悲壮!

　　在这美丽的月光下,村边的那条银亮亮的、瘦长瘦长的小溪,也显得很顽皮的样子,忽而跑进竹林里去了,不见了许久后,它忽而又从一户农舍的后面跑了出来。小溪上的那座石拱桥,在月光的诱惑下也非常诗意地弯着,它从小溪的那边,弯弯地弯到小溪的这一边,再弯到爷爷的故事里,然后就像月光一样美过许多代人的日子和梦想。

　　似乎就是这条月光下的小溪,它总是给村庄里带来一个个传奇与故事,那些故事总是和村庄与月光有关。如那个头发花白,总叫着腰痛腿痛的王婆婆,在那个月光如水的夜里死去,临死时还在叫着早年抛弃她而远走他乡的男人的名字;那个打了大半辈子光棍的李老五,一定是烧了高香,今年开春他娶了一位如花似玉的新娘,如今他那在半山腰的农舍,在这美丽的月光下,不知让多少人为之向往……

当然,月光下的村庄还是要数秋收后最美,美丽的月光映照在高高的谷堆上,晶亮晶亮且金黄金黄的,像美丽的童话更像精彩的传奇。显示出山村里的富饶与充足,更显示出人们的勤劳与朴实。人们总是坐在高高的谷堆旁,说着耕种的艰辛,也说着收获的欢愉,更是对来年充满着期待与梦想。说着说着,似乎越来越兴奋,就干脆起来去到田野上转转,那刚收割后的田野上,更是格外的宁静而热闹,也是那样的杂乱而有序。偶尔,脚步惊起了草丛里的小飞虫,有展翅的声音,近旁的蟋蟀也屏住了呼吸,停止了吟唱,猛一转身,看见月亮掉在了水里……

那有月光的夜晚,村庄里总是很美很美!

# 飘香的三月

不知是三月带来了花香,或是花香点缀着三月。

一个周末,我改以往在茶馆里一坐就是大半天的习惯,独自去到郊外散步。那光秃秃的山坡和田野,不经意间长出了一丝丝新绿;那在严寒中沉睡的冬水田,似乎也在转眼间苏醒;那在守望着寂寞,平时被人遗忘的农家小院,却在春的装扮下变成了另一番景象……远远看去,院前那开得红红的桃花,像一个个含羞的少女,那开得雪白的李花,更像一个个朴素的村姑,把农家点缀得格外的美丽。

PART 2

梦想的村庄

一缕花香飘来,让我为之一振,仿佛在这远离了喧嚣,远离了烦琐的郊外,找到一片静寂而美丽的心灵栖息地,尽情地陶醉在这三月的美景中。那一缕缕醉人的花香,和着清新的空气和鸟儿欢快的叫声,春风般扑面而来,像一坛陈年老窖般的馨香,又像刚犁过的田里飘过泥土的芳香,那么的醉人,那么的沁人心脾。

记得小时候,在春暖花开的阳春三月,我常与小伙伴一起,在那开得十分美丽的花丛中奔跑、打闹,在村前的那片油菜花地里游玩、捉迷藏,顽皮的我却掐一把黄黄的油菜花瓣,撒在了一个叫阿姑的女孩头上和身上,我想她一定要生气的,可她却反而高兴地笑了起来说:"好香,好香的三月哟!"从此,我似乎就记住了她这句话。仿佛我关于她的每一个梦境都有着花的美丽,我每一次在梦里对她的追逐都飘着花的幽香。这飘香的三月,就一直在心中沉淀,三月的美景,连同那时的梦境,一样飘浮着醉人的幽香!

我沿着那条弯曲的小道走去,去到那片海浪一样起伏的庄稼地里。那一大片田里的油菜花,开得金灿烂的,远远看去,金黄金黄的一片,在绿色的田块间,像一幅黄绿相映,绿水相依的山水画。仿佛天空、房屋、沟渠、树林、山坡、公路染上了一层金黄色,就连那行色匆匆的人,脸庞也是金黄色的。不远处,一群男孩女孩在油菜花地里来玩耍,打闹、追逐,似乎打破了我有点凝固的思绪,猛一转身,一股浓浓的油菜花香,醉了我记忆中那天真烂漫的童年。

不知是累了,还是被这里的美景所吸引,我找了个长满青草的地方坐下来,仿佛又闻到了一种跟花香不同的香,这就是青草的清香。在这三月里,不光是花的香味迷人,青草也飘着醉人的芳香。青草没有松的挺拔和高傲,没有鲜花的艳丽和芬芳,似乎也没有人会在意它的存在与否,而它却以一种低姿态的方式生存,从来不和任何身边的花朵争宠,不嫌弃土地的贫瘠,也不管是在高山上或悬崖下,在田野里或庄稼苗的夹缝中,甚至在大地上的每一个角落里,它都在默默地生长。它那淡淡的清香,竟充满着庄稼人和耕牛的气息。

我独自闲坐着,眼睛被眼前的鲜花映透着,心灵被这春天的美景点缀着。我站起身,十分惬意地伸了个懒腰,准备离去时,突然又从不远处飘来一股淡淡的、清新的、还夹着汗水味的芳香,我抬眼望去,一个农人正赶着耕牛朝田野奔去,伴着吆喝声、欢乐声、粗犷地踏着春的节奏,一铧一铧地犁过沉睡了一冬的田野,田块苏醒了,一缕缕充满着泥土味的芳香,在田野里飘散开去,虽然没有花的幽香味浓,但却比花的幽香更醉人。

在回去的路上,我像品茶一样,细细地品着从四处飘来的花香,唯独那充满泥土的芳香,让我陶醉,让我迷恋,因为那芳香里,充满着播种的梦想,饱含着收获的希望!

# 夏天的乡村

当春天在人们的欢歌笑语中消失得无踪无影,夏天便以火一般的热情把乡村点缀。

在夏天里,火辣辣的阳光总是从山顶上直直地照射而来,山野上的各种鲜艳的花朵像小孩子捉迷藏般地躲在了绿叶丛中,嫩嫩的枝头不知何时又挂上了青涩的果。山里人似乎对夏天也特别的钟爱,丝毫没有被闷热吓着,该干的活儿照样干,相反的全身上下还有像充满火一样的激情。于是,在这夏天里,整个山村便一片忙碌,整个山村里便笑声飞扬,整个山村里便激情四射,更是别有一番风味。

天刚蒙蒙亮,人们早早地被小鸟那清脆的叫声叫醒,即使还在蒙眬的睡意中,也总是翻身起床来忙碌着各人的事儿,男的一般都扛着锄头下地,妇女背上背篓上山砍柴,有的小孩也同大人一起上山割草或放牛,留下小姑娘或老人在家煮饭。一时间,山上山下的说笑声、吆喝声,伴随着农家院里袅袅升起的蓝色的炊烟,在山间萦绕着、回荡着,人们知道今天又是一个大晴天。

不一会,太阳便硬朗朗地从天空照射下来,以它强大的威力炙烤大地,掉在地上的叶子卷起了筒子,禾苗耷拉着叶片,无精打采的,山里人看着这情景十分心疼,也力不从心地往地里浇水;那猪在圈里喘着粗气,妇女们常常一边喂食一边唠叨:"你看你,这么点热就怕,真是懒猪!"狗趴在屋檐下,吐着红红的长舌头,小孩们也不停地给它扇扇子……在一阵忙乎之后,山里人也会像城里人一样睡在凉席上,有的享受着电风扇,有的手摇着蒲扇,合合眼,打个盹,等到太阳落山后,还得下地去。

当太阳缓缓地从山顶上落下去,放学归来的孩子跑去小河边牵系在树上的牛时,也是他们最高兴也最愿做的事,这时他们三两个一起"扑通"一声跳进河里,在水中尽情地游玩,即使回家后被大人知道了,被打几条子明天依然继续。这时在地里干农活的山里人,更是心情舒畅,在轻轻吹拂的晚风中,尽情地感受着劳动带来的快意。为地里那半人高的玉米锄锄草,给绿毯般的红苕翻翻藤,把悬在山崖边的南瓜理顺……直到一轮明月冉冉东升,大地铺上一层银辉,夜幕笼罩山野时,他们赤着一双黑红的脚板,踏着弯弯曲曲的小径归来。

在回家之后,往往还不能闲着,得去田里看看,哪些田里有水,哪些田里没水,村里刚修好的水渠,现已引来了灌溉用的水,今晚该轮到哪家放水灌田,明晚又是哪家,山里人心中有数,从不争吵,有时还相互谦让。当轮到自家的田里灌满水后,高兴地下到田里,感到从未有过的凉爽,仿佛还听见秧苗那"吱吱"的吮吸声,等到夜深人静田里的秧苗便挂满了晶莹的露珠,才匆匆地回到家里。

山里的夏夜更是迷人,老人摇着扇子,给小孩讲些上不沾天下不着地的"童话",听得小孩时而大笑,时而挖根问底;女人们总是围坐在村口,一边乘凉一边拉家常,嘻嘻哈哈的笑声,在整个山村里回荡;男人们多半独坐在自家的院头,一边抽烟一边听着村口传来的自家女人说自己的笑话声,或者被别人的笑声逗乐时发出的十分开心的笑声,他总是打心眼里乐了……这时,也依稀听见那月辉里传出悠扬的笛声和二胡声,还有歌声、笑声,把这乡村的夏夜点缀得更加的温馨迷人。

在这火辣辣的夏天,山里人最盼望的是能下场雨,因为雨能滋润庄稼,雨能孕育大地,雨能让田里的禾苗饱满,只有雨水充足,才能有好的收成。

啊,夏天,是山里人的希望与梦想,迈向金色的秋天的桥梁!

 故乡的泥土

故乡的泥土,就像浓浓的乡情,时时散发出温馨和美丽的芳香。

有人说:"离故土越远,心离家越近,一把故乡的土铺就回家的路。"而在县城工作的我,离乡下的老家不过十多公里路,而往往回家也不过一个多小时,可时常还是想起故乡的泥土,时时陶醉在故乡泥土的芳香里。

我每次回乡下的老家,在村口外的公路上下车后,总得沿着那条弯弯曲曲的乡间小路,走上好一阵才能到家。要是晴天还好,除了鞋面上沾上点泥灰外,全身还算没沾上泥。如遇上下雨天,那就苦不堪言了,不仅脚上那刚刚擦得发亮的皮鞋全被泥土敷上外,就连裤子上也满是泥。

尽管这样,我还是乐意回家,因为一走在这条乡间小路上,就让我感受到了一股浓浓的乡情。不管是春天或是秋天,也不管是在田野里挖土或是

在田野里收割的乡亲们，他们总是走上田埂来，有的伸出满是泥土的手与我一握，那沾满泥的脸上便出现甜甜的笑容，一边抽烟一边与我聊聊天，从今年的播种到打算年底修房子，再到嫁闺女娶儿妇的事……我便感受到了一种久违了的泥土般的亲切。

当我回到了乡下老家时，刚从地里割猪草回来的母亲，还没来得及洗去手上的泥土，就忙着给我泡茶，与我拉家常。"今天下雨天，你回来做啥？弄得满身都是泥！""没事的，我过会儿擦擦就是了。""哎，今天是周末吧？""是的，我就是回来看看您和爹，爹呢，还好吧？""好着呢，他下地去了。"一会，从田里干活回来的父亲，更像是从泥里钻出来似的，全身都沾满了泥。我说："爹，今天下雨你还去干活呀！""就是下了雨才有活干呢，春雨贵如油啊！""今年春雨来得早，准是一个丰收年啦！我们家那块地种玉米，这块地种蔬菜，那边那块地得种麦子……"父亲就这种乐滋滋地描绘着他心中的播种蓝图。

在我回县城时，母亲赶忙从地里弄些新鲜的菜和还夹带些泥土的马铃薯，让我带去，我说不要，在县城里什么都能买到，母亲十分生气，我便只好带上。于是，我提着那装着蔬菜和马铃薯的大包，在沿着那条弯曲的小路走出去时，心里想：这蔬菜和马铃薯在县城里顶多卖几毛钱一斤，这么大一包只不过能值几元钱。但又一想，父母给我的不仅仅是蔬菜和马铃薯，是父母对儿女的一种博大的爱，是父母对儿女的一片真挚的情。

后来，乡下的老家在新农村建设中，也修通一条连接村口主干道的平坦的水泥公路。从此，我每次回家只要在县城里找辆车二十多分钟就到乡下的老家了，也不管是晴天还是雨天，干干净净的一身回去，也干干净净的一身回来，也不管父母从地里弄些蔬菜和红苕什么的，我都乐意要了，只要往车上一扔，一直就到了家里。可这时，却听不到乡亲们那充满泥土味的亲切的话语声，更看不到乡亲们那充满泥土味的朴实的笑容，而我更像是一只来去无声的小鸟，在远离了家乡的这片泥土中，梦影一般地游历。

可今年春节回家，虽然天上仍下着小雨，但我却没有找车，像往常一样在村口下车后，又沿着那条弯弯曲曲的乡间小路走去。一路上，正沉浸在年的氛围中的乡亲们，个个见了我都放下手中的活儿与我拉家常，每路过一家他们都硬要拉我进屋去坐坐，让我品尝他们一年来的甜蜜与美好的生活，分享他们富裕后的幸福与欢乐的日子。临走时，他们还大包小包送我一些香肠、土鸡蛋，还有夹带着泥土的马铃薯等"土特产"，我在无法拒绝后只好都收下。

待我回到县城里，我的全身又沾满了泥土，这些凝聚在我身上的泥土，就像凝聚在我心中的浓浓的乡情，时时都散发出温馨而醉人的芳香！

# 父亲的春天

父亲的春天是从二十四节气里走来的。

"一九二九怀中插手……五九六九沿河看柳。"春天，似乎就在父亲那反复念叨中，悄悄地来了。尽管天气还十分寒冷，父亲的眼前总是花红草绿，鸟语欢歌，更是充满着希望与梦想。他站在田埂上，尽情地望着那一片田野，就像铺开一张张宣纸，把心中早已构思好的美景，尽情地描绘。

父亲的春天是一个充满欢乐的春天。在初春那灿烂的阳光下，父亲那颗沉寂了一冬的心，也像那储藏了一冬的种子，开始跳动起来，他那沉默了一个冬天的表情，又像山花盛开时露出了甜甜的笑脸。他便取下挂在墙上的锄头，扛在肩上走去那片田野，时不时高兴地挖上一阵子，还高兴地说："呀，这春天的土地还真好使哟！"这片经过一冬沉积的田野，在春天的阳光下苏醒过来,也似乎跟父亲一样欢乐着、高兴着、微笑着……父亲也像个孩子似的,用他那粗犷的声音,大声地唱起来,吼起来:"哟,春天来了!"

父亲的春天是一个充满诗意的春天。"正月立春雨水,二月惊蛰春分……"春分时节该下谷种,仿佛被父亲倒背如流的节气歌,就像一首诗点缀着父亲的春天。这时,父亲却用心地计划着,有水的田块就播撒谷种,没水的田块就种下玉米,田边土坎上播下豆子、瓜果……一个个崭新的希望,一个个美丽的构想,在这春天里,被父亲用诗一般含蓄的语言尽情地表现出来。那沉睡了一冬的水田里,在父亲打着牛走过中,散发着一行行泥土味的诗句,就从初春那美好的意境里飘了出来;在那田野里,爽朗的笑声,欢快的歌声,播撒种子的声音,似乎是在奏响一首春天的交响乐。

父亲的春天是一个充满梦想的春天。在这春天里,到处都是山花烂漫,嫩草飘香,黄灿灿的油菜花,醉人的香味在空气中烟一样地飘散开去,各种蜂儿在黄花间嗡嗡地乱飞。农家的门前,还有满枝的桃花、梨花、李花,粉红的、雪白的、碧绿的……尽管姹紫嫣红,百花盛开,可很少听见父亲赞美花的美丽,而是多了一些关于播种,关于收获的话题。"春种一粒粟,秋收万颗籽""种瓜得瓜,种豆得豆"……这些似乎就是父亲挂在嘴上的,对春天的最好的赞美!一把把金黄的谷粒,从父亲那双粗糙的手中滑落;一粒粒饱满的玉米种子,从父亲那粗犷的笑声中滚出;一颗颗沉甸甸的豆子,在父亲手中如同放飞一只鸽子……春天里的播种,就是一个梦想的诞生,就是一个崭新的开始。一粒粒种子,连同这融融的春光,连同这质朴的情感,一起播撒在这片新翻的热土里!

父亲的春天是一个充满希望的春天。在种子播下后,父亲便等待种子的发芽,仿佛还常常在梦中听见种子萌芽的声音,仿佛还看到稻子在他那粗犷的吆喝声里听拔节……这些声音似乎比什么声音都真实。春天、希望、梦想、憧憬……在这个时节里,似乎被一一地展现了出来,像一首歌,像一幅画,更像一首诗,充满着对春天的依恋,更充满着对收获的期待。山上,在播下种子或移栽了玉米苗后,似乎变得更有灵性。田野,在栽下秧苗后,似乎比山水画还要美丽。随着一阵阵"滴滴答答"的春雨,随着一声声脆嫩的鸟啼,田野里的秧苗泛青了,山坡上的豆子抽芽了,土里的玉米疏叶了……

　　春天,似乎就在父亲的劳作中,飘出了瓜一样的香,果一样的甜,稻谷一样的沉甸甸的希望来!

## 劳动的声音

　　也许是我从乡下走来,对劳动的声音有一种特别的亲切感!

　　每次我去散步或逛街,对广场上或商店里动听的音乐,或者是从歌厅里传来的迷人的歌声,一点都不感兴趣,甚至还真的觉得太嘈杂了。可每当我听见大街上清洁工那扫地的"沙沙"声时,总要去认真倾听;如果偶尔从建建筑工地旁经过,还要驻足观看……仿佛觉得这些声音非常动听也非常的感人。

　　前不久,在我居住的楼层下,有一间空着的小屋子,住进了一对卖菜的夫妇,他们常常是早出晚归,每天早上三四点钟他们就起床,随后便是"哗哗"地开门声,再就是弄箩筐的响声和三轮车的铃铛声……虽然这些声音很小,但在这个时候的小区里,却显得特别的响亮,一些正在睡意浓浓的人常被这声音吵醒了。

　　每当这时,似乎再也无法入睡的我,也起床拉亮电灯,坐在床上看一会书,可不知怎么的还没看上几页就看不下去了。这时,我却推开窗户,向楼下望去,看见他们夫妇俩那在电灯下忙碌的身影,更听见他们那欢快的说笑声,仿佛觉得那声音里,流动着一种劳动的欢乐,飘溢出一种劳动的喜悦。

一两小时后,他们夫妇去郊外的菜农那里买好菜回来了,又听见他们一边说话,一边放水洗菜的"咚咚"声,也不时响起用刀砍的"叭叭"声……这时,似乎有被惊醒的人冲他们大声吼道:"小声点行不行,还要不要人睡觉呀?"

可不管上面的人说什么,他们总是干他们手中的活,那干活时的各种响声依然响起。这时,我却想起了乡下一生都与泥土为伴的父母,还有他们在劳动的声音。小时候,我哪一天早上不是被母亲那早早地起床做早饭的响声惊醒,哪晚又不是在母亲砍猪草的响声中入睡呢!

特别是父亲干活时的声音在我的记忆中最动听,父亲是个石匠,我似乎每天都是在父亲那打石头的"叮当"声和打大锤的"嗨——嗨——"声中醒来。有时,很小的我也跟着父亲去到他打石头的山上玩,玩累了就在草坪里睡,也不管是在他那"嗨——"的一声,打大锤撞的气贯长虹的吼声里,照样睡得很香。

如今,从乡村走到了城里的我,每天都在轻松自在而衣食无忧中生活着,仿佛整天都陶醉在都市那充满着现代气息的热闹中,常常为了应酬而不得不泡在歌厅里的歌声中。有时嘴里也哼上几句流行歌曲的我,似乎对那些远去了的劳动的声音,却感到有一种特别的亲切。就像楼下这那对夫妇每天早上干活时的声音一样,让我听得那么的真真切切,那么的朴素而感人!

也不知是他们夫妇的这些劳动的声音,弄得小区里的人睡不着觉而不让他们在这儿住了,或是他们夫妇俩因生意不好而回乡下去了,似乎再也听不见他们劳动的声音了。

从此,小区里似乎恢复了平静,再也没有"哗哗"的开门声和三轮车的铃铛声……每当这时,我却依旧醒来,依旧起床推开窗户,向楼下望去,仿佛看见了在这小城里生活着的,跟他们一样勤劳的乡下人,他们那起早摸黑,快乐地劳动的身影,也听见他们那些劳动的声音,就是这座城市里最美最动听的乐章!

# 油菜花开映农家

又是油菜花开的时节,乡下二叔家的农家乐开业了,我又匆匆地向二叔家赶去,想必二叔家正被金灿灿的油菜花映透着,被馥郁芬芳的油菜花香点缀着。

记得小时候,住在镇上的我最爱去的就是乡下的二叔家了。虽然二叔家并不富裕,那时只有几间十分破旧的穿斗房,比起我们那在小镇上的家差多了,每到阳春三月,二叔家外的那一大片地里的油菜花开了,金灿灿的,十分迷人的,引来无数蜜蜂嗡嗡叫的油菜花,将二叔的小院点缀得格外的美丽。

二叔家也有跟我差不多大的两个堂弟,凡我去到他家里时,他俩总是带着一群男孩女孩在油菜花地里来玩耍,两两成双入对,男孩掐一枝油菜花插在女孩的头上,女孩掐一枝桃花挂在男孩的胸前,装扮成新娘新郎,在一群孩子的簇拥下进入洞房,柳哨做唢呐,油菜花粉在新人身上洒落,那天真无邪的少年时代,如今想来,真是其乐无穷。

不知二叔家的两个儿子和两个女儿,是自己不愿意上学,还是二叔不让他们上学呢,几乎在初中毕业后,都先后去广东打工了。后来,二叔家就开始修房子,把原先的几间十分破旧的穿斗房,修成了几间漂亮的砖瓦房,那时在他们村里能有这几间砖瓦房,真不知让多少人羡慕。也是在阳春三月,我去到二叔家时,真是另一番景象,几间新修的砖瓦房,在黄灿灿的油菜花的掩映中,显得特别温馨美丽。

清晨我起床后,就沿着二叔家门前的那条乡间的小道走去,一直走进了油菜花丛中,呼吸着清新的空气,聆听着婉转的鸟鸣,感受着大自然的风情,那浓浓的油菜花香直冲鼻孔,直进胸怀,沁人心脾;心中那美丽的梦想和向往也随之萌动,就像这油菜花般的美丽迷人,点缀着我快乐幸福的童年。难怪二叔看到他这几间新修的砖瓦房,心底里的高兴似乎永远散不去,还逢人便说:"能修这几间砖瓦房,全靠我那在广东打工的儿女哟!"

后来,在新农村建设中,一条通往镇上的乡村公路,正好从二叔家的院落边经过,这给二叔家带来前所未有的发展的机遇。在外打工多年的堂弟俩合伙买了一辆汽车搞运输,让二叔家在富裕的路上又迈了一大步。前年,堂弟俩把还没修几年的,还是崭新的,还在让二叔高兴着、自豪着的砖瓦房,推倒后又修起了小洋楼。开春后,我又去到二叔家,仿佛让我置身于仙境一般,站在那新修的高高的楼房的阳台上,抬眼望去,便是一大片金黄的菜花田,黄花绿叶的油菜顶着的露珠,洁白透莹,在叶面上滚落,在花蕊上跳跃,像一颗璀璨的明珠,在暖暖的阳光的映照下,整片菜花田金光四射,飘浮着醉人的芳香。

去年,堂弟俩却出人意料地把经营得好好的汽车卖了,去承包了他家门前的那片土地,说是种油菜,这可让乡亲们不理解,更让二叔气得大病一场。都说他哥俩是不是有毛病,放下这么能挣钱的运输不做,来种什么油菜呢?不久,他们请人把这片承包来的土地种上了油菜,还利用自家离场镇近家又在公路边的优势,准备开一家农家乐。

今天,当我来到二叔家时,已是二叔家的农家乐开业,不知是二叔和堂弟的人缘好,还是因为门前那片盛开着的美丽的油菜花的吸引,前来观赏和祝贺的客人把二叔家的农家乐挤得满满的,客人们一边观赏油菜花的美丽,一边品尝着乡村的风味。此时,我看着忙来忙去堂弟,看着不知是高兴还是担心的二叔,更看着脸上挂着微笑,心里荡着快乐的人们,我的心里也跟他们一样的高兴起来。

仿佛我看到了二叔家的日子,就像他家门前的那一大片油菜花那样越开越香,越开越美!

# 老家

　　虽然我离开老家多年,但我常常想起老家。

　　在我的记忆中,那几间穿斗房的老家,总是在那绿树掩映中,一年四季都开着香香的花朵;在那鸟儿的歌唱声中,一天到晚都充满着欢乐。在爷爷那忙碌的背影里,老家似乎变得格外的繁忙而琐碎。

　　每天早上,爷爷那一声又一声的吆喝:"大娃子起来去割草,二娃子起来去放牛……"使老家又开始了忙碌的一天,去坡上挖土时,似乎就是用老家那腌制咸菜般浓浓的意境,在土里描绘着种瓜得瓜,种豆得豆的美丽的图案;下地播种时,似乎就是用老家那收藏了一冬的种子般的梦想,播撒着春种秋收,春华秋实的如山的期望……当奶奶那早早起床做饭时的炊烟悄悄地飘出老屋,飘去了山间的时候,那初升的太阳光照亮了老屋,照亮了留在我心底的关于老家的甜蜜而美好的记忆。

　　记得小时候,老家似乎就是我玩耍的乐园,很顽皮的我常用木炭在木板墙上乱写乱画,爷爷看见了,总要骂我几句。有时,我还用小刀在木柱子上刻画,这更让爷爷生气,他就用小竹块打我的手心,真使我痛得直咬牙,我想:爷爷爱这老屋肯定胜过爱我呀!

　　在开春后,老家总是被惑人的春光点缀着,更被美丽的花朵映衬着,除了房前屋后到处是欢飞的蝴蝶外,房顶上还有许多鸟儿叽叽喳喳地叫着,欢飞着,在房顶上的瓦里筑窝,我便约几个小伙伴,在爷爷与父母外出干活时,悄悄地搭上梯子爬上房顶,把瓦推开,捣鸟窝,取鸟蛋。

在爷爷回来时,发现好好的房子上怎么到处是洞,就明白是我干的,可我早已躲在屋外的竹林里,爷爷便把先前的发火,一下子变为着急的神情,四处找我,边找边喊,最后我还是被爷爷找着了,他一下子把我抱在怀里,什么话也没说,但我能感觉到那紧紧抱着我的双手的温暖……

后来,我长大离开了老家,老家又是漂泊在外的我心底的一团火苗,常常点燃了我对老家的无尽的深深的思念,老家门前那飘浮的柳絮,似乎还在飘浮着我那如醉如痴的梦想;夏天那清香的薄荷,嫩绿的水草,五彩缤纷的小花,让我无时不产生对秋天般成熟的渴望;特别是老家门前的那条小河,一群小鱼儿在清澈透明的水中游来游去,我常常蹲在水边,将手指粘满饭粒放在水里,喂养着我欢乐而顽皮的童年。

如今,已在城里生活了多年的我,终于在城里有了一个新家,虽然新家是高楼大厦,新家里有新的家具,更有新的欢乐与梦想……但新家仍有许多从老家延续下来的故事。比如,每天早上,天还没大亮时,母亲又早早地起床,她那做饭和拖地的声音,似乎又让我想起老家的奶奶做饭时的情景,母亲的背影似乎与奶奶的身影重叠在一起,是那样的朴实而高大!

有时,住在城里的母亲,常常说起老家,说起老家的一些人和一些事,说起老家的那些欢乐的日子与温馨的记忆,说起老家那因丰收而充满的欢笑,说起老家因红白喜事而变得热闹的场景……新家似乎也跟母亲一样,为老家的高兴而高兴,更为老家的欢笑而欢笑。

由此,在一个周末,我陪母亲回到老家,迎出来的似乎只有一片婆娑的树影,已经去世多年的爷爷和奶奶,似乎仍在我的眼前晃动,记忆就像一轮光盘般轻轻地旋转。

此时的老家,似乎就是我儿时玩伴的一声问候,就是响在我耳畔的一句淳朴的乡音,就是我永远也割舍不断的浓浓的乡情!

 # 故乡的山路

在我的记忆中,故乡被山路串联着,点缀着。

这条山路,多半是用石板铺成的,山路上那被踩得光溜溜的石板,似乎就如一双饱经沧桑的眼睛,还在述说着当年的历史。就是这条山路,它承载着山里人的油盐柴米,紧系着山里人的悲欢离合,它那弯曲绵长的形状,如同一条彩虹,映照着山里人的欢乐与喜悦。

每个赶集天,这条山路上就显得特别的热闹,担箩筐的大爷,背背篓的大婶,赶着驮马的大哥,活泼乱跳的小孩……都高高兴兴地沿着这条山路,连成一根线似地向镇上拥去,一路上有说有笑,那爽朗的笑声伴随着驮马的"叮当"声,在山里山外回荡着……

谁如果要出一次远门,不管舍不舍得离开家乡,只要一踏上这条山路,就像听见一个粗犷而豪放的有如父亲的声音沿着山路传来:"孩子,放心地去吧,能在外面闯出一片天地来,才算一条真正的汉子呢!"一种无形的力量就从脚底涌遍全身,似乎这条山路就是一根连接故乡的线,不管走去多远,将来成就多大,都将紧紧地把他系在对故乡的思念里。

如果有谁在外面失意而归,只要走上这条山路,似乎就能感受到故乡的亲切,就能听见故乡母亲的呼唤:"孩子,回来吧,这里永远是你的温馨的家!"那从田野里吹拂着的轻风,如一双双亲切而温暖的手,为他拂去失意的泪水;那风中夹杂着的稻子的馨香,就能喂养他那饥渴的心灵……因为这

条山路是从来不分贫穷和富有的。

谁家的闺女出嫁,也要坐上大花轿,吹吹打打,热热闹闹地从这条山路上走出去;谁家娶儿媳妇,也要沿着这条山路,吹吹打打,热热闹闹地迎进来。于是,四面八方的乡亲们,都要去喝喜酒,都要带去出自心底的赞叹声,更要带去真诚的祝福……

谁家有个大小事,山里人都纷纷沿着这条山路走去,不分远近,不分村里村外,只要是山路连接的地方。若老人孩子病了,山里人就抬着或背着向医院跑去,从未因为路途遥远而延误治疗。仿佛在这时,这条山路再长也会变短,离镇上十多公里的路转眼间就到了;谁家做生满十,山里人在镇上买上酒菜从这山路上走回去时,山路似乎在山里人那高兴的说笑中,也充满着高兴的神情,仿佛在太阳光的映照下,山路笑了,笑得跟山里人一样的开心,因为这条山路在山里人心目中,似乎有了灵性。

山路还有一个特点,就是人人平等,不管是县上的或镇里的领导下村来,他坐的小车如何的高档,也只能从这山路上一步一步地走去,山路它不欢迎特权,承受不了奢侈,它只能容纳平等、淳朴、善良、真诚,更不管是富有或是贫穷,山路都一个样,从不丢弃任何一个穷人,更不会去讨好任何一个富人,山路似乎就是山里人特有的性格的缩写。

如今,在新农村建设中,公路通到山里人的家门口,山里人赶集或出门时,来去都是坐车,这条山路,似乎就在汽车的奔跑中,在山里那日新月异的变化里,渐渐地被山里人遗忘了。被遗忘了的山路,如一个饱经沧桑的老人,以十分平和的心态,徜徉在美好的回忆之中……

然而,这条似乎被山里人遗忘了的山路,却成了城里人每天散步的地方。每天早上或者下午,城里人却三三两两地,或成群结伴地沿着这条山路走去,一路上可以尽情地享受美丽的阳光,可以享受那田园的美景,可以寻找到远离都市的那份悠闲与恬静……

由此,故乡的山路不再是承载着山里人油盐柴米,而是在传承着一种山里人的传统美德!

 # 五月枇杷熟

　　家乡的枇杷熟了，我匆匆地赶回去参加首届枇杷节。

　　五月的家乡更是阳光灿烂，生机盎然，青青禾苗映绿了整个山村，金黄的麦浪点缀着田野，成熟的枇杷飘浮着淡淡的馨香。那黄灿灿、毛茸茸、亮丽在枝头、隐藏在绿叶丛中的枇杷，一串串地，串成了五月最生动的画面；一颗颗地，晶莹了山村最美好的希望。

　　当我驱车回到家乡时，这里已是车水马龙，人来人往，热闹非凡。前来观光旅游的人们穿行在那成片的枇杷树中，时不时采摘一些丰满的，浆汁饱胀的，还带着湿湿地气的枇杷，仿佛是少女蓬勃的心跳，在阳光里羞涩地触动。那金黄的枇杷，似乎是由金黄色的阳光凝结而成，让人望着它就有想摘来品尝的冲动。

　　这时，我看见一位穿着时髦，举止得体，但一样的充满着山水般灵气的女人，用十分地道的声音，应对自如地向来人们介绍着这里的枇杷。她说："枇杷秋萌、冬花、春实、夏熟，备四时之气，被誉为果中珍品，果实一般五月成熟。枇杷终年常绿，树姿优美，富有园林情趣，是绿化美化环境的理想树种……"这时，我发现她就是小时候常与我玩的阿姑，经打听才知道：她就是这个"枇杷联营公司"的董事长了。

　　记得我家的屋后也有几株枇杷，每当五月枇杷成熟时，黄黄的枇杷压弯了枝头。尽管这么多诱人的枇杷，但却不是让我们吃的，而是成了我家的"摇

钱树"。爷爷却似乎不离脚地守着这让人羡慕，也让人妒忌的，而且人见人爱的枇杷，在赶集时爷爷就摘去街上卖，以换得一些油盐什么的。那时很小的经常和我一起玩的阿姑，更是想吃我家的枇杷，我却只能背着爷爷，偷偷地摘了一点给她吃，她吃着我家的枇杷，脸上却露了甜美的微笑。

这事被爷爷知道了，非常生气，拿着竹条子就打我，阿姑知道了我因摘枇杷给她吃挨了打，就很少来我家玩了。这事不知是我觉得愧对她，还是她觉得愧对我呢，总之，尤其是枇杷成熟的时节，就再也看不到她的身影，我在心里暗自怪爷爷小气呢！

随着我家的经济条件渐渐好了，不再把枇杷当成"摇钱树"了，枇杷似乎却成了"稀世珍果"。每当在枇杷成熟时，爷爷总要把枇杷摘下来，分给乡亲们品尝，说道："今年的雨水好，枇杷好甜哟！"乡亲们一边吃着枇杷，也一边回答说："就是，就是！"这时爷爷的脸上却露出了开心的笑容。我这才发现，爷爷原来不是一个小气的人！只可惜，这时的阿姑，初中毕业后，便到广州打工去了，再也没有品尝我家的枇杷了。

阿姑去了广州后，从打工做起，后来当了管理人员，在外面发展得不错。后来却回乡创业，与十多家农户一起，开发了一个枇杷基地，成立了一个"枇杷联营公司"，她任董事长。此时，我看见她正在枇杷基地里穿行，正向游人和参观者介绍着枇杷，讲解着今后的一个个发展规划。她说："我们这里种的是长江三号，红肉种。果实长卵圆形或洋梨形，单果重四十五克，最大果重八十克。果皮橙黄色，易剥离。果肉淡橙红色，肉质致密，甜酸适度，汁液较多，含可溶性固形物百分之十。每果种子两点九粒，品质上等，再加上我们家乡的空气好、水好、土好，所以枇杷才更受消费者青睐哟！"

然而，要说阿姑是家乡的新型农民的代表，枇杷就是家乡一抹最亮丽的色彩。在这枇杷成熟了的五月，在这里举行了首届枇杷节。在这枇杷节上，我那年迈的爷爷也是股东之一，他十分自豪地说："以前枇杷是我们家的'摇钱树'，现在枇杷又是我们村的'摇钱树'啰！"昔日这个最偏远而闭塞的山村，今日因枇杷却变得格外的热闹；昔日只知道在田里栽秧子收谷子的山里人,却在家门口开起了小商店、小饭馆,办起了农家乐……

五月的家乡枇杷熟了,熟成了游人们醉人的微笑,熟成了电视里的重头新闻,熟成了山里人充满欢乐和温馨的日子!

# 守望那一片原野

每天都是这样,依旧在小窗前守望着那一片原野,那原野上树木葱茏,菜地青青,有鸟儿欢快地在树丫间跳跃,发出欢快的叫声。

我从山间走来,对山对树有一种特别的情趣。小时候,常守望在村头那些小树旁,总想守望到爷爷童话中的那只既神奇又美丽的"青鸟",这种鸟能带给人一生好运。那时,我还是孩子,当然不懂得一生好运的具体含意,只是在想:这种鸟一定好看,一定比麻雀、喜鹊、山鹊美丽可爱好多倍呢。可守望了一天又一天,守望了一年又一年,依然没有见到这种"青鸟"。于是,我开始怀疑爷爷的童话,是不是为了逗我玩而有意编造的。从此,我不再相信世界上真有这种神奇而美丽的鸟。

随着岁月的逝去,我已从孩提时走到了而立之年,也从故乡的那片原野一直走到了异乡的城市,每天穿越城市的大街小巷,把那一条条通往厂区的路,一天一天地从陌生中走到熟悉,又从熟悉中走到陌生,因为打工的地点随时变换。漂泊在一座又一座城市的我,熟悉的不外乎是一幢幢高楼,一条条宽阔的水泥路,这些时时出现在眼前却与我形同路人。而我窗前的那片原野,让我感受到无比的亲切和温馨。

每天早上，不管是我去上班之前，还是上了夜班回家，总是推开小窗望去，在蒙蒙的薄雾中，总有露珠滴落的声音，让我从疲倦中惊醒，寻声望去，似乎看到了故乡三月的美景。父亲打着牛在田里转悠，母亲煮饭时从房顶上冒出的炊烟，我仿佛也不是在漂泊，而是在田间劳作，手握锄头，总有使不完的劲，总有干不完的乐趣。

如今，只有独自守望着那一片原野，就像守望着那片原野上又将飞出爷爷童话中的"青鸟"一般，每天对生活充满着期待。即使奔忙于厂房与租赁房之间，把机器那枯燥的响声，编成一首只有自己才听得懂的抒情曲。每天都去门卫室看看有没有从故乡寄来的信，每天依旧看看厂门口的黑板上有没有写着"罚款通知"，工作的劳累，生活的艰辛，但也让无休止的守望点缀得如此美丽。虽然天天都生活在这座城市里，却感觉到通往城市的路是那么的遥远，而离我很远的故乡，感觉中离我很近。仿佛看见了故乡的那片原野，还能听见那片原野悄悄流去的小溪的潺潺声……

有时，窗外那片原野被雨雾笼罩着，什么也看不清，就像一团飘在天上的雾，我的心中也一片迷茫，为生计为事业为追求为理想，世间万物有时也在一团迷雾中，何况我呢？有时，我看见那片原野被冰雪覆盖着，光秃秃的树却袒露筋骨般的，以傲然挺立的姿势，以刚强的毅力，去顶严寒抗冰雪，以走出困境，去期待又一个生机盎然的春天。我想：我又何尝不是如此呢？在希望中失望，在失望中又对生活充满梦想，靠的是什么，还不是跟树一样坚强的信念，刚强的毅力吗？有时，我看到山洪暴发，树叶被吹落，树枝被打断，田野被洪水淹没，我感叹道：等雨过天晴，原野上的树木依然葱茏，菜地依然青青。

但我窗外的那片原野，大多数时间是在平平常常中沐浴着雨露阳光，默默地坚守着自己的信念，寻找着属于自己的生活。不为踏青人的甜言蜜语所诱惑，不为身旁都市里的灯红酒绿而陶醉，更不与相邻的土地攀比，或许别人已穿上高速公路的绸缎，或许别人已变成高楼大厦的基石……而自己依旧是一片原野，只将自己置身于空旷的世界里，让春种秋收的欢声笑语将自己陪伴,身边那葱茏的树木,青青的菜地,就如同缕缕炊烟,注入我的生命中,将是又一片美丽的风景。

我每天守望着的那一片原野,如同回到了故乡的那片原野和村庄,耳边仿佛又响起爷爷的童话,又有一只守望中的"青鸟"正飞临我的窗口,还不时地发出几声欢乐的歌唱……

# 故乡那月

故乡的月亮,最大最圆也最亮。

这是每一个漂泊在外的人心中共同的感慨,因为每一个人不管去了哪里,去到多远的地方,总要想起故乡那轮明月,还有在月下那像被露珠浸泡过的宁静的村庄,月下那像被涂上一层美丽色彩的涓涓流淌的小河。

我记得故乡的月,是从我家门前的那座山上升起来的,特别是在夏夜里最为明显,因为夏天热得屋里无法入睡,爷爷便扯来凉席,往院坝里一铺,便一边摇着手中的蒲扇,一边给我们讲故事。那让我们百听不厌的"桃园结义、唐僧取经、武松打虎……"仿佛这小小的山村,就在爷爷的故事中变得格外的神奇而辽阔;这静静的夏夜,就在爷爷的故事里变得海阔天空一般。

最让我难忘的是初秋之夜,月亮悄悄地从山那边爬上来,挂在树梢上,在夜幕渐渐地降临时,便更加的皎洁而明净起来,凉爽的晚风轻轻地吹来,多少有几分凉意。因为爷爷有些怕冷,不再来院坝里乘凉了,这下就成了我们小孩的天下了，一会儿跑去院前的那小河边，去看水中的月亮，似乎比天上的月亮还好看，一会儿跑去那草垛边捉迷藏，仿佛在月光照不到的地方，小伙伴也找不到，一会儿跑出来一个哈哈，月亮也笑了。随后，我们拍着小手唱着爷爷教我们的儿歌："月光光，挂树梢，大人笑，小孩跳……"

于是，那清纯的月光下便爆出我们一阵阵天真快乐的笑声，仿佛就是我们那快乐无比的童年给月光融入了欢乐无比的色彩。

一晃我就长大了，故乡那月，依然映透着我许多关于童年的美好的记忆，照亮着我许多人生的梦想。不知多少个月明星稀的夜晚，我独坐陋室，如痴如醉地游历于文字间，像儿时游历于爷爷的故事中一般，小小的陋室，似乎也在无尽的守望中海阔天空起来，窗外的月光也似乎更加的美丽而让人陶醉。

如今，我为了生计而四处漂泊，不知在多少个孤独的夜里，我总是仰视着天空中那轮明月，仿佛觉得天上有很多个不同的月亮。有时，觉得它朦朦胧胧的，就像苏轼的《水调歌头》中写的那个月亮："明月几时有，把酒问青天。不知天上宫阙，今夕是何年。"有时，觉得它凄凄惨惨的，更像《红楼梦》中贾府在中秋赏月那个月亮："趁着这明月清风，天空地净，真令人烦心顿解，都肃然危坐，默默相赏。猛不防只听那桂树上，呜呜咽咽……"有时觉得天上还有一个月亮，多少让我感到"独在异乡为异客，每逢佳节倍思亲"的孤独与寂寞……

其实，天上的月亮只有一个，人走的地方多了，在经历过各种各样酸甜苦辣之后，便将情感融入对故乡的思念之中，那融入情感的月亮在心中也就有了无数个。真是"床前明月光，疑是地上霜，举头望明月，低头思故乡"。

由此，常常漂泊在外的我，思乡的感情深了，月才是故乡的最大最圆也最亮！

 # 雨靴

虽然,我好久没穿雨靴了,但对雨靴仍有难以割舍之情。

小时候,在那个物质严重匮乏的年代,生在农村的我,因为没有雨靴穿,凡在冬天,天晴还可以穿母亲做的布鞋去上学,可一到下雨天,就只能光着脚去上学了。尤其在那下雪天,天上飘着雪花,而我一路上光着脚踩得路面上的雪"嚓嚓"作响,脚被冻得通红通红的,全身也冷得发抖,还是一个劲地往学校赶,只有到了学校才能把脚洗了穿上母亲做的布鞋上课。

记得在一个打着白头霜的早晨,因为路上的雪刚融化,有的也结了冰,去上学的我只能脱下布鞋光着脚走,也许是因为石板路上有冰很滑,或者是因为脚被冻麻木了,在快到学校时,一下就摔在了路边的水田里,全身的棉衣棉裤湿透了,我赶忙从水田里爬起来,又慢慢地走回家去,母亲一见我这样子,伤心地哭了起来,她说:"就是今年把过年猪卖了,也要给你买一双雨靴。"

在我们班上,也只有两个同学有雨靴,一是有个女同学有雨靴,是她那在化工厂工作的叔叔厂里发来上班穿的,他叔叔却拿回来让她上学穿。另外是有一个男同学有雨靴,是他那个在煤矿厂工作的爸给他买的。其他的同学跟我一样,都只能光着脚上学。那时,要是谁能穿上雨靴上学,不知让多少人羡慕呀。而那时的雨靴,也更是让饱经寒冷的我梦寐以求。

不久,我母亲真的把家里不太肥壮的,准备杀来过年的肥猪卖给了镇上

的食品站,走遍了四面八方的街镇,都没有买到雨靴。后来,我父亲托一个在城里工作的老表才终于买到了一双,可不是雨靴,却是上面没有筒的那种半胶鞋,但还是让我父母高兴万分,我更是如获至宝。从此,我就穿着这双半胶鞋去上学,感到舒适又温暖,不再受冻了,也同样让同学们羡慕。

在我真正拥有梦寐以求的雨靴,是我在镇上读初中时,我母亲终于给我买到了一双雨靴。那是一双厚厚的,黑色的,穿起来十分舒适的雨靴。虽然从家里到镇上有十多里路,要走两个多小时,但有了这双雨靴,就不管是下雨或是下雪,只要穿着这双雨靴去上学,似乎就不怕冻,不怕滑,再不好走的路在我的脚下也像晴天一样……

后来,雨靴到处都能买到了,不管是小孩雨天上学,还是大人们雨天下地或赶集,都是穿着雨靴,雨靴也真正地走进了人们的生活中,成为人们生产生活中必不可少的日用品。雨靴,似乎与下地干活的人们为伍,更是与上学的孩子为伴,描绘出快乐温馨的劳动场景,点缀着幸福美好的童年梦想,抒写出多少幸福浪漫的人生诗行!

好多年过去了,在县城工作的我,凡是回老家时,也离不开雨靴。每当下雨天要回乡下老家,一出门就得把雨靴换上,因为从县城乘车到了镇上后,就得沿着那弯弯曲曲的山路走去,路上往往是又稀又滑的泥,尽管一路上十分难走,但因为穿上雨靴,仿佛这回乡下老家的路还是走得很踏实很温暖。

去年,老家修通了一条通往镇上的宽阔平坦的乡村公路,这样方便了乡下人出门或赶集,更是方便了我回乡下的老家。凡是我要回老家,就不管是天晴或是下雨,只要叫上一辆出租车,半小时就到老家了。在乡下,乡下人不管是出门或赶集,也很少有人再穿雨靴了,因为新农村建设,农村的路修成了柏油路,一出门就乘车,也不管是晴天或是下雨天,都干干净净的一身去,也干干净净的一身回来。雨靴,似乎就渐渐地被人们遗忘了。

前不久,当我把那双曾沾满童年的梦想,曾沾满故乡的泥土的雨靴,扔进垃圾箱时,仿佛看见那双雨靴,正睁着一双明亮的眼睛,还在诉说着那段沉甸甸的历史……

 三月青草香

　　在三月那暖暖的阳光下,四处又荡溢出青草淡淡的香味。

　　在这百花盛开,万紫千红的春天里,各种各样的花更是以各种形态,或红或绿,或娇艳欲滴,或争奇斗艳地开放,以艳丽的色彩,以醉人的芳香,让经过一冬来的寂寞的人们,尽情地陶醉在花的美丽和幽香里,似乎却忘了青草那淡淡的,有如泥土般的香味。

　　虽然青草没有松的挺拔和高傲,没有鲜花的艳丽和芬芳,没有人们食用的果实和利用的价值,似乎没有人会在意它的存在与否,而它却以一种低姿态的方式生存,从来不和任何身边的花朵争宠,不嫌弃土地的贫瘠,也不管是在高山上或悬崖下,在田野里或庄稼苗的夹缝中,甚至在大地上的每一个角落里,它都在默默地生长。正如辛弃疾在《清平乐·村居》的诗中写道:"茅檐低小,溪上青青草。醉里吴音相媚好,白发谁家翁媪?大儿锄豆溪东,中儿正织鸡笼。最喜小儿无赖,溪头卧剥莲蓬。"

　　青草就这样默默无闻地以它那独特的方式,不管是在田边土坎或是在山坡空地,它不像花那样尽情地展示自己,而是用一冬来储存的力量,一冬来积蓄的希望,让自己在这美丽的春天长出青青的梦境般的嫩叶。每一片叶子都浸透着乐观向上的精神,每一片新叶都是一个崭新的开始,每一片叶子都是一个生命的奇迹。它从不向人们炫耀,只默默地为大地吐绿,为春天添彩。

在众多植物中,也许青草离泥土最近,最能感受到土地的肥沃。因此,它的血液里流淌着大地的质朴,它的身体里浸透着山里人勤劳的性格,它身上飘浮着庄稼和青菜的馨香。虽然,它的这种朴实得似乎被人遗忘的香味,没有雍容华贵的牡丹那般醉人,没有亭亭玉立的荷花那么淡雅,没有素雅纯洁的兰花那么芬芳,也没有火红娇艳的玫瑰那么的浓烈……但它那淡淡的清香,却充满着庄稼人和牛的气息。

在那长满青草的山上山下,田边土里,就是庄稼人劳动的地方,山里人就在这里播希望,就在这里种下梦想。累了就坐在草地上躺会儿,头望蓝天白云,是那样的快乐而温馨;闲了就坐在草地上与人聊天,聊庄稼的长势,聊今秋的收获;有啥心事,也独自来到草坪里,看着青青的草,快乐地在风中摇晃,闻着青青的草那醉人的芳香,一时间心事散去,又去自家的庄稼地里转转,为庄稼的长势而高兴;有啥高兴事时,也走去那草坪里,对着长满青草的大山,望着绿油油的田野,发自内心地自个儿乐着,似乎只有青草能与他一同分享……

青草的芳香最让牛陶醉,是青青的草养育着一头头像山里人一样能支撑起负重生活的牛,在牛走过的地方总会长出一些青青的草来,在有青草生长的地方也会长出一些庄稼和粮食,就是这些庄稼和粮食喂养着山里人的

欢歌和笑语……朴素得跟牛一样忠实于土地的青草,坚强得跟山里人一样一切困难压不倒的青草,在没有花的艳丽,不管是在冰雪覆盖中,或是在霜风吹打里,可它总是以惊人的生命力,默默地坚守着自己的信念,在来年的春天又焕发出蓬勃生机。正如白居易的《赋得古原草送别》中写的那样:"离离原上草,一岁一枯荣,野火烧不尽,春风吹又生……"

啊,三月那渗透着泥土的气息的青草的香味,我想能与醉人的花香媲美!

# 故乡的酒香

在故乡,浓浓的酒香就像美丽的阳光一样,照耀着山里人平平常常的日子。

虽然故乡不产"茅台酒",也不产"五粮液",但家家户户似乎都能用五谷杂粮来酿造白酒,白酒的烈性似乎铸就了一代又一代山里人的性格。由此,不管是逢年过节,或是平平常常,每家每户都装着几大坛子酒,山里人也似乎个个都能喝,浓浓的酒香就跟稻子的飘香一样迷人。

在故乡,不管是游走乡间的手艺人,或是在田里干农活的汉子,也不管是背脊弯成弓犁的老人,或是年青体壮的小伙,他们似乎都与酒有缘,仿佛是酒的烈性,铸就了他们粗犷而豪爽的性格,是用五谷杂粮酿出的酒的清醇,熏陶了他们的憨厚朴实。

不管哪家请个匠人盖房子编箩筐,或打灶修个猪圈什么的,第一个得准备好酒,似乎有了酒才能显示出主人的热情。在手艺人忙了一天收工后的晚上,主人便弄出一桌子好菜,再加上一壶酒,便一边喝酒一边聊天,常常是手艺人的那不着边际的说话,在这酒的浸泡中,最能生出许多故事来,即使是伤感的,或者是悲壮的,也都飘出酒一样浓浓的香,也都能变得浪漫起来。

在田里种庄稼的山里人,似乎与酒更有不解之缘。在开春后播种时,总得喝上一大碗酒,因为只有酒才能为那刚播下的梦想而喝彩。在种子播下后,山里人总是对收获充满了希望和等待。于是,不知在多少个不眠的夜晚,他们在那明净如水的月光下,看着田野里已经拔了节的秧苗,或者抽了穗的稻子,似乎只有酒才能描绘出他们心中对秋天的渴望。当秋天来临了,田野里的稻子飘溢出浓浓的稻香,这时,他们又忘不了喝下一大碗酒,为经过这长长的期盼和漫长的等待,而迎来的又一个收获的秋天而欢呼歌唱……

谁如果要出一次远门,不管是要去到多远或多近的地方,山里人总是用酒给他送行,不管舍不舍得离开家乡,只要他喝下一大碗亲人端来的烈性酒,就像获得了一种勇气,拥有了一种力量;如果有谁在外面失意而归,只要走进村口便会闻着一股浓浓的酒香,似乎就是这酒的香味,让他感受到故乡的亲切,就能听见故乡母亲的呼唤:"孩子,回来吧,这里永远是你温馨的家!"那从田野里吹拂着的轻风,如一双双亲切而温暖的手,为他拂去失意的泪水;那风中夹杂着的稻子的馨香,就能喂养他那饥渴的心灵……

谁家闺女出嫁或娶儿媳妇,也要请乡亲们去喝喜酒;谁家做生满十,也要请乡亲们去喝生日酒;谁家的儿子考上大学,也要请乡邻长辈去喝酒祝贺……这时的酒,似乎充满着一种真诚与祝福的味道,更是飘溢着一种善良与朴实的幽香。一碗碗烈性酒,在他们粗犷而洪亮的说话声中,或者在那一声声来自心底的笑声和祝福声里,似乎像田野里的稻香一样,在山里山外飘浮,点缀着他们的欢乐与梦想!

在故乡,粗犷豪爽的山里人,喝的是烈性酒,山上飘浮的是烈性酒味,田野里生长着的也是烈性酒香……因为在他们的心目中,不烈性就不叫酒了,不用大碗装的酒喝下的也不叫酒,是酒铸就了一代又一代山里人豪爽的性格。但他们就像这用五谷杂粮酿出的酒一样,虽然烈性得粗犷豪爽,但一样的憨厚朴实,他们多半让自己醉而不让别人醉,即使喝醉了,不会以酒发疯,也不会因酒而伤感,更不会因酒闹事……醉了也像平常一样,因为醉在清醇的酒香中,是一种莫大的幸福。

啊,故乡那阳光一样浓浓的酒香,将山里人那平平常常的日子照耀!

>>>>> PART 3

# 心灵的热土

　　我有缘在青木关打工三年,算是一个
"地地道道"的青木关人,在我的生命历程
中,在青木关的那段生活,会像一朵美丽的
鲜花,点缀着我的人生,丰富着我的情感。会
像一张底片,沉淀在我的生命里,时时打印
出许多关于青木关的甜蜜的美好的记忆。

# 冬天的阳光

　　在冬天,阳光就像一个慈祥而和蔼的老人,不管走到哪里,哪里就充满着热闹与笑声。

　　清晨,一轮橘红色的太阳从山顶上慢悠悠地走来,给笼罩在氤氲迷雾的大地涂抹上了一层霞光,让整个大地都充满着暖暖的,淡淡的,舒服的,温馨而美丽的色彩。

　　于是,在冬天那暖暖的阳光下,年轻人便跑去山野田边,不是去劳动,而是尽情感受着只有在冬天的阳光里才能储蓄的,春天般的梦想与憧憬;老年人却端个凳子静坐在院坝里,尽情地享受只有在冬天的阳光里才有的温暖与悠闲……

　　在这冬天里,浓重的白霜盖住了山坡、田间、原野,给人一种萧条而迷茫的感觉。然而,这丝丝缕缕黄灿灿的冬天的阳光,赶走了绕山间环绕的白雾,驱散了雾障霜凝的朦胧,像一个老人用和蔼和慈爱的微笑,收纳了一切喜怒哀乐,包容了所有的兴衰枯荣,让那有过春生、有过夏长、有过秋收的大地,在冬天又充满着欢乐与温馨。

　　那清澈得让人觉得有些寒冷的冬水田,似乎在为失去的春的躁动,秋的收获,更为冬天冰雪的覆盖而失去了信念时,也让它看到了希望。因为在这暖暖的阳光下,鱼儿又开始在水面上游动,鸟儿又在空中飞翔,水波又在微风中荡漾……

那高高挺立在山坡上的树,似乎就是冬天里唯一的风景。当冬天那暖暖的阳光,赶走了山间的白雾的时候,那早已落尽了叶子的枝条,那光秃得如裸露着筋骨的树干,就像一个男子汉一样,支撑起山里人的信念与希望。从它那挺直的身躯里,就能看出它是在积蓄着所有的力量,好在来年的开春后长出新芽。因为它懂得,没有冬天,哪来春天,没有冬天积蓄的力量,哪有春天长出的梦想。

那悠闲了一个季节的山里人,在这冬天那温暖而灿烂的阳光下,高兴而熟练地在田野里播种着麦子,一粒麦子或许就是一个生命的诞生,一粒麦子就能孕育出无数个希望。在麦子播下后,他们往往会围着火炉,温上一壶酒,慢慢地品味着只有冬天才有的悠闲,也在期待着梦想的春天和收获的秋天……

因为经过春天播种的热闹,经过秋天收获的欢乐的他们,似乎更加懂得冬天才是一个孕育着梦想,蕴藏着生命的季节。没有冬天,哪来春天和秋天?没有冬天冰雪的覆盖,哪来春天的百花盛开;没有冬天的守望与期待,哪来秋天的稻子飘香……

然而,在这冬天里,阳光似乎是在告诉人们"如果冬天来了,春天还会远吗?"更在让人们懂得冬天冰雪的覆盖,是在孕育着生命。那些被寒风刮得凋零的小草,只要扒开泥土看看,那些散落地上的种子,已经吸饱了水分;那些枯萎的草根儿,还依然活着;那山坡上变得光秃秃的树干,虽然落尽了叶子,但似乎已经在悄悄地冒着萌芽……

冬天的阳光不但给人以温暖,给人以力量和启迪,而且还像兰花一样飘散着淡雅芳香,点缀着人们的梦想。在冬天的阳光里,几乎家家户户都在洗被单晒被褥,晚上就躺在刚晒干的被子里,连梦里都充满着阳光般的希望与梦想!

# 童年的记忆

## 村小

村小离我家不远,走出家门就可以望见。

因为偏僻,离场镇较远,那时交通不便,一般的正式老师也不大愿意来村小教书,学校只有从本村的高中或初中毕业生中,挑选出几名代课教师来上课。记得我第一天去村小学报名时,一位年轻漂亮的郑老师牵着我的手走进了一间陌生的教室。从此,我就在村小开始了我的读书生涯。

当我第一次拿着郑老师发给我的新书,从那书里散发出的浓浓的书香,让我怎么也闻不够;年轻漂亮的郑老师脸上的微笑还有那甜甜的话语,让我感受到一种从未有过的亲切;同学们那一张张跟我一样陌生而高兴的笑脸,让我对学习充满着无尽的欢乐与朦胧的憧憬……

随后,郑老师就从"一二三四……"教我们数数,也从"abcd……"开始教我们学习拼音,渐渐地老师让我们朗读"我爱北京天安门"的课文,背诵"汗滴禾下土,粒粒皆辛苦"的诗句……

村小,每天便回荡着我们琅琅的读书声,每天都晃动着我们轻捷欢快的身影,就这样,记忆中遥远的村小,仿佛是我心灵的乐园,让我这个懵懂的孩童一天天走向了知识的海洋。

## "六一"儿童节

在我童年的记忆中,让我最难忘的就是"六一"儿童节。

凡到"六一"儿童节,学校总要挑选几名学生去参加镇小学的节目表演,这似乎是每一位同学都盼望的时刻,因为每一位同学都希望自己被选上。那几天同学们总是议论纷纷,说谁可能要被选上去表演节目,可在老师公布名单后,似乎又是毫不相干的。虽然,这让有些同学高兴,也让有些同学失落,但要不了两天,大家都会忘了不快而沉浸在"六一"的欢乐气氛中。

被选上的同学,在每天下午放了学后,就得留下来跟着老师练节目,而其他的同学就站在旁边怀着复杂的心情观看,偶尔沉浸在那动听的乐曲和优美的舞蹈中,也时不时地为他们不熟练而未到家的动作而感到好笑……

最高兴的是"六一"儿童节这天,因为兴奋而一晚上都没睡好的我,带着烙饼,穿上母亲特意为我买的雪白的衬衣,早早地来到了学校,与全班同学一道,在老师的带领下,高举彩旗,向镇小学奔去,一路情绪高昂,欢歌笑语,好不热闹。

那些要表演的同学,打扮得花枝招展的,老师还用胭脂为他们打上了"红脸蛋",看上去特别的显眼,成为节日的一道风景。随后,在镇小学那不太开阔的舞台上表演节目,观众主要是全镇的师生们,演员们感到这是最荣幸的事。

我在十岁那年也被幸运地选去当了一回小演员,表演的是舞蹈《我爱北京天安门》,时至今日也是我唯一的一次登台表演,让我记忆犹新,成为我童年生活中一朵灿烂的浪花。

## 同桌的她

在我关于童年读书的记忆中,印象最深的却是同桌的那位女同学。

那时,每学期老师都要编座位,不知是为什么,老师常常是男女同学搭配坐一桌。一次,老师竟把我编在与大伙最讨厌的一个女同学坐一桌,我却有点儿害怕。虽然她的年龄与我差不多大,但个头比我大,我还真不敢惹她,聪明的我于是早做了准备,首先将桌子上划上界线,说好谁也不准过界,做作业谁也不准看谁的等。

有一回,她做作业时不小心过界了,我便用尺片给她打去,她十分生气,她想吵还想骂,但想到有言在先就话没出口。不久我也不小心手过了界,她却用事先准备好的更硬的竹块打我,痛得我直喊娘,我们谁都不饶谁,都在心中暗暗找机会。这样,作业我们谁也不给谁看,都在心中暗暗较劲,每次考试我一定要考赢她。但心中最大的愿望是,下学期再编座位时,我和哪个女生坐都行,千万别和她坐一桌了。

可下学期在编座位时,老师却按上学期考试的分数来编,第一名的男同学和第一名的女同学坐一桌,依次类推,我居然又和她坐一桌,算我倒霉!有一天放学后,在回家的路上有一个高年级的同学欺负我,她却主动跑来帮我,才把那个高年级的同学吓跑了。从此,我在心底感激她,做作业时,她不小心又一次手腕过界了,我却笑笑并提醒她,她也笑着说,对不起。这以后,我们的桌子上似乎再也没界线了。

前不久,我去市里参加一个骨干教师培训,却又与她坐到了一桌,这时桌子上似乎多了一条无形的界线,而我和她都十分小心,从没越过这个界!

# 那年，我在乡下教书

那是十多年前，刚从一所师范学院毕业的我，带着对未来的美好憧憬和对梦想的追求，去到那个十分偏僻的村小学，可眼前的一切与心中想象相差太远。这所学校是过去的老房子改成的，几间破旧的教室和寝室，坑洼不平的操场更是让学校显得有些破烂不堪。

面对这样艰苦的条件，我差点哭了。但想来想去，觉得现在说什么也没用，既然来了，就只有好好地干下去。再看看这学校还有一位老教师，尽管他在这儿教书近二十年但仍是一名代课教师，可他在教学工作中仍是任劳任怨，更是兢兢业业，这让我从中受到了启发。

记得在刚来时，听那位快离开这所学校的教师说过，在我所教的班里有一位十分调皮的学生叫王华。于是，我就对这位学生更加的注意，果然这个学生真如那位教师所说，根本没有把教师放在眼里，抽他起来回答问题时，连气都不吭一声；在做作业时，他根本不交作业本；上课还老与同学讲话……面对这样的学生，我不知如何是好，放弃他吗？那不是害了他一辈子吗？

有一天，我把他叫到办公室，我说放了学去他家里看看，他的脸色一下就变了说："你又去我家告状，我以前没少被老师告状，更没少挨我爸的打，反正我爸说下学期不让我读书了，现在我一切都无所谓了！"我听后有些吃惊："什么，你爸下学期不让你读书了？"他默默地点点头，我似乎明白了他不认真读书的原因，但想到一提起去他家他就这么反感，我想没必要急于

PART 3
心灵的热土

去他家,这事我就一直搁了下来。

在下学期开学时,王华果然没有来报名,我这下才明白他说的话是真的,便去到他家里,他父亲说:"这孩子哪里是读书的料呀,既然读书不得行,干脆让他回来去学个手艺算了,你看张家那个二娃子不是学木匠了吗,李家那个大娃儿也学石匠了呀,这样不但能学到一个手艺,每天还能挣一些钱呢,也省得我为他在学校调皮常常让我烦心呢!""你这种想法不对,让孩子读书是父母应尽的责任和义务,再说没文化没知识是不能致富的……"经过我一次又一次做他父母的工作,王华终于又来学校读书了。

从这以后,我似乎发现王华并不是像那位老师所说的那样是不爱学习并且十分顽皮的孩子,而从他的骨子里有一种求知的渴望。我便时时鼓励他,表扬他,也让他当了一名班干部。于是,他在上课时也认真了,作业也能按时完成了,我还根据他基础差的情况,在放了学后给他补课,他的学习成绩很快有了一个大的飞跃。

两年过去了,我因工作调动而离开了那个村小学,但我时常想起那个村小,想起我所教的学生,更是牵挂王华。在离开了十多年后的去年的教师节,我应邀回到了那所村小学参加庆祝教师节活动。刚到学校,一个熟悉而又陌生的身影向我走来,还亲切地叫我:"欢迎您回来,老师!"我一眼就认出他就是王华。这时,我看到那所破旧的村小学已变成了崭新校舍,学生们正在宽敞明亮的教室里上课,那位教了近二十年的代课老教师,如今也成了正式教师。

这下,我才知道王华在树立了学习信心后,更加珍惜这来之不易的学习机会,就刻苦学习。后来上了初中和高中,高中毕业后又考上了一所师范学院,毕业后他主动要求来到家乡的村小教书。在教师节的庆祝活动上,县教委领导为他颁发"优秀教师"的奖状,一个学生给他送了一束鲜花,他说:"谢谢领导,谢谢孩子们!我一定努力工作,一定要教好每一个孩子,为山里的教育事业做出我应有的贡献!"

随后,他却把那束鲜花送给了我,什么话也没说,只是眼睛里充满着感激之情!

# 乘凉

乘凉，就是人们避热消暑的一种方式。

每到酷暑三伏，不管是在地里干农活，或是在家里做手艺活，都会汗流浃背的，都会感到暑热难耐。这时，不管手里的活儿再多再忙，也得放下，然后找一个阴凉的地方乘凉，喝喝水或者取下头上的草帽来扇扇风。记得我家屋前屋后栽满了竹子和树木，这些在平日里看来挡住了阳光的竹子和树木，还真起到了清凉的作用，不管是再热的天，只要端个凳子手里拿把蒲扇，往院坝边一坐，一会就凉快了。

在院坝边，还有一口从来都没有干过的老井，只要一到热天，不管是在我家屋后的山坡上干活的，或是在我家前的地里锄草的，都放下活儿跑来乘凉；不管走亲戚的，还是赶集的，也不管是打空手的，还是挑着担的，只要从这儿路过的人也都来乘凉，再喝口清凉的井水解渴。我父亲是个十分憨厚朴实的山里人，不管来的人是认识还不认识的，他都端凳子拿蒲扇，不一会就与他们聊开了，聊的话题多半是天气、耕作、种子、收成等，而且还聊起来十分的亲切和融洽。

最让我难忘的是在夏天的夜晚，父亲总是把院坝打扫得干干净净的，再洒些水，待坝子水干了，在上面铺上竹席，好让我们几兄妹坐在上面乘凉，可我们却去争家里唯一的一张竹椅，一般都是谁先拿到谁坐，但多数时间还是爱哭的弟弟争赢。随后，一家人或坐在小木凳上或躺在竹席上乘凉。在那

PART 3
心灵的热土

月净如水的月光下，父亲一边摇着手中的蒲扇，一边给我们讲故事，讲那让我们百听不厌的"桃园结义、唐僧取经、武松打虎……"

远处，更是充满着大人们粗犷的笑声，还有小孩子们的打闹声。我知道，他们也都是在自家的院子里乘凉，有时也有离得最近的三两家人凑在一起，有说有笑的，气氛十分融洽。在这明亮的月光下，女人们的说话声和笑声一声高过一声；男人们多半是附和着，默听着，不管是自家女人拿自己来炫耀或者来取笑，他们都会一笑了之；小孩们却拍着小手唱着儿歌："月光光，挂树梢，大人笑，小孩跳……"整个山村似乎都在这乘凉的人们的笑声中，充满着欢乐与热闹。

如今，从山村里走进城市的我，因为家里有空调却再也感受不到天气的变化，再冷再热都似乎一个样。可小时候乘凉的记忆，却让我终生难忘。前不久，我回了一次乡下老家，在吃了晚饭后，由于母亲在城里帮我们带孩子，独自一人在乡下的父亲，又早早地将院坝打扫得干干净净的，再洒些水，待坝子水干了后又铺上竹席。父亲说："今晚你回来了，我们还是在院坝里乘乘凉吧！"我说："家里不是有电风扇吗？""啥扇扇起都没有在这儿凉快，因为这儿吹的是自然风！"随后，我和父亲一边乘凉一边聊着，再也不是父亲给我讲那让我们百听不厌的"桃园结义、唐僧取经、武松打虎……"而是我给父亲讲城里新近发生的新鲜事，助人为乐的好人好事……让父亲听得津津有味。

这时，远处再也没有男人们那粗犷的说话声，女人们一声高过一声的笑声和小孩们的打闹声，在这明净如水的月光下，村庄里显得静静的，静得似乎让我感到有点儿空旷和陌生。我问父亲："怎么没人出来乘凉了呢，村里怎么显得静悄悄的？"父亲说："现在村里好多人都出去打工了，而剩下在家的好多都修起了小洋楼房，也跟城里人一样安上了空调，大家都在家里一边看电视一边吹空调，谁还出来乘凉呀！"

在家家户户都有了空调或电扇的今天，在院坝里乘凉似乎已成为一种遥远的记忆！

# 做一棵城里的树

乡下的树说,如果可以选择的话,我愿做一棵城里的树。

仿佛看上去,生长在城里的树,就像生长在城里的人一样,身居闹市,灯影迷离,灯红酒绿,不管是在繁华热闹的街道两边,或是在日日疯长的高楼大厦旁,更是在花香鸟语的公园里,都有它生活的空间,都有它的一片生存的天地。

做城里的一棵树真好,树在城里似乎是那样的让人喜欢,在如今城里贵如金的土地和房产的时代,不管是普通的住宅区,或是高档的家属院,都有树的空间。也不管是在高档写字楼前,或是在一般的办公楼外,都有树的一片天地,树就这样以一个特殊的群体,在城里生活着。在别人眼里,树的生活条件十分优越,优越得不知让多少人为之羡慕,更不知让多少人为之梦想。

树就这样从乡下来,来到城里后似乎不再承载乡下树所承载的负重,不再像乡下的树那样,渴望长高长大长成参天大树而成栋梁。而在城里只能像一朵花那样开放,春天就用那嫩嫩的枝芽,点缀着踏春者喜欢的浓浓春意;夏天就用那绿色的枝叶,为过路人撑起一片凉荫;秋天就用那金黄的落叶,将枯燥的城市装扮得五彩缤纷;冬天就用那裸露的枝干,带给孤寂的城市一丝浪漫……

虽然,不管是在繁华热闹的街道两边,或是在日日疯长的高楼大厦旁,更是在花香鸟语的公园里,都有它生活的空间,都有它一片生存的天地,虽然这片天地很大,但它生活的空间却很小,更不能掺杂自己的任何设想,只能按别人的意愿去生长,阳光总是被高楼大厦挡住,欢乐似乎被花鸟分去……但它仍旧坚强而乐观地生活着。有时,也只能像一具雕像那样,不能表露出自己的表情,但它常常为一个在城市里无家可归的流浪者那有些悲凉的歌声而流泪,更为一个小孩把一个盲人牵过公路时高兴的微笑而感动……

其实,树也是有欲望的。每当看见从身边驶过的小车在日日翻新时,也跟其他人一样流露出无比羡慕的目光;每当看见从身旁走过的大款日渐增多时,也像许多人一样曾经梦想过要当一回富翁;更是在人们为股票的疯长、为房价的下跌而高兴时,自己也在心中为之高兴不已,因为它不是一具立在城里的雕塑,而是长在城里的有生命有感情的一棵树。

有时,树也真想回到生它的乡下的那片土地,像乡下的树那样,自由自在地生长,不为人左右,随着自己的意愿疯长,直到长成一棵参天大树长成栋梁,可城里的繁华热闹,连同那一点点虚荣,似乎太让它留恋;城里的灯红酒绿,加上那一点点梦想,似乎又让它找不到回家的路……

城里的树就这样生活在城里,在城市那分不清白天和夜晚的时间里,在那分不清是冬还是春的季节里,在那分不清是现实或是梦境里,在那分不清是追求或是迷茫的生活中,树再也分不清自己仍是树或是变成了花……

城市,依旧是乡下的树向往和梦寐的地方!

# 又是新年到来时

　　这几天，朋友都好像比往日忙得多，常常在一起喝茶的朋友，似乎都不见了踪影，即使打电话，从那急切的话语中，也感觉到了一个字：忙！也许就是这个忙，才让我想起又是新年到来时，一个忙字就能感受到对新年的憧憬！

　　在这新年到来时，有人找个迎新年的理由忙于装修房子，好让自己在新年到来之际搬进新居，让新年的梦想也像这房子一样变得崭新；也有人找个迎新年的理由忙于准备婚礼，好在新年到来之时举行婚礼，与心爱的人携手漫步于幸福而温馨的殿堂；更有人找个迎新年的理由准备年货，什么海鲜、土特产，再加上母亲的一份关怀，好让在外工作的儿子儿媳新年回家，能品味到一种甜甜的浓浓的乡情，感受到只有家才有的温馨和母爱的温暖……

　　在这新年到来时，除了感受到那为新年而忙碌，为梦想和憧憬而忙碌之外，似乎还有一种心灵的忙碌，一种友情的忙碌。你看，这几天手机的短信提示音频频响起，一条条来自四面八方的短信，来自朋友、同学和亲人找个迎新年的理由，一改常态地发来的问候与祝福，总是让我感受到一种"海内存知己，天涯若比邻"亲切，让我感受到了"若是两情久长时，又岂在朝朝暮暮"的温馨，更让我感受到"岁月可以褪去记忆，却褪不去我们一路留下的欢声笑语"的甜蜜……一条条精彩而温馨的短信，通过时空的连接，让我的心中充满了欢乐。

然而，在这新年到来时，我也找个迎新年的理由，收拾一下平日里难得收拾一回的书房，那些书就像一个智者一般，用一种平和而淡然的目光看着我，好像在说，周而复始，年去年来，谁也无法改变。而作为常人的我，却似乎有许许多多感慨，在心中悄悄地涌现，那双取下书桌上那本曾翻过的，陪伴我走过一年三百六十五天台历的手，像在触摸着过去那些像这日历一样翻过去的，充满着欢乐，充满着希望的每一天，而那刚换上的新台历，更像一支七彩笔，为我描出新一年的一个又一个美丽的图案，点缀着很多绮丽的梦想。

"一元复始，万象更新"，新年的五线谱又奏响美丽而动听的乐章。而我，也许是被这种氛围所感染，心灵也像酣睡了一冬的小河，更像沉眠了一季的山峦，开始变得跳动不止，情感就像奔流的小河一样，充满着激情。也许因为有一个迎接新年的理由，才以轻松的姿态与自己相处，才以快乐的心绪走进人群，才以高兴的心情给远在故乡的父母打个电话；才以含情脉脉的方式给辛苦地疼自己爱自己的女人买一束玫瑰；才以从未有过的喜悦，独自去到公园里走走，放松一下心情和思绪……

平日里懒懒散散的我，也没有理由不在为即将到来的新年而忙碌，忙着打扫一下自己的房间，忙着给自己买一套新衣服，也忙着给皮鞋上一次油，忙着为花盆里的花浇浇水，忙着将平时难得擦一次的窗子擦擦，让窗子上的玻璃更加透明，好让新年的阳光照进来，照亮那间有时空旷有时拥挤的小屋，带来新年的新景象，带来新年的新憧憬，什么新书、新茶、新桌、新椅、新房、新车……更有许多还没想到的"新"，也会像阳光一样照耀着我，点缀着我，在寂寞的时候像灯一样照亮我的心灵，在高兴的时候就像鲜花一样装点着我的梦境！

新年到来真好，从里到外全新地打扮一番，也用友情、爱情、亲情来装点一下自己，给不管是在本城或者远方的朋友、同学和亲人，各发一条短信，发去我心中的问候，带去我真诚的祝福。似乎就因这个迎新年的理由，让自己带着从未有过的好心情，走在街上给陌生人送去一个微笑，走进办公室给同事一声问好,回到家里带给妻子道一声辛苦……

　　然后,对着镜子看看,呀,在新年到来时,早已变成了一个全新的自己!

# 清明的阳光

　　清明节又到了,我从县城又匆匆地赶回乡下的老家,给我的爷爷上坟。

　　这天的阳光特别的灿烂,似乎是从我的记忆中升起的,有小时候跟着爷爷去给祖辈们上坟时一样的温暖和美丽,它给古老的村庄涂上一层神秘的色彩。

　　在每年的清明节,忙于农活就是过年过节都舍不得要一天的爷爷,在这一天却把手中的农活放下,换上一身干净的衣服,带上父亲和我一起去给那些我叫不出名字的祖辈们上坟,在那些长满青草的山坡上,爷爷总是指着那些已经显得特别古老的土坟说:"这是你尊爷爷,这是你尊爷爷的爷爷……"

　　我看着这些长满青草,落满岁月尘埃的土坟,似乎可以想象出在这片土地上曾经生活和劳作的许许多多人,他们生活的全部几乎就是劳作、耕种、收获,对土地深深的爱,对粮食特别的珍惜,一生都生活在勤俭之中,一生都没做过什么惊天动地的大事……或许就是我对躺在这里的祖辈们的印象。

　　从那时起,清明的阳光在我的记忆中,虽然灿烂而美丽,但却不同于往常,似乎多了一些厚重感,厚重得就像那条弯弯曲曲的黄土路,多少人在上面走去走来甚至走完一生;厚重得就像那一片庄稼地,多少人用喜悦的欢笑

PART 3
心灵的热土

和艰辛的叹息将它孕育……可惜我长大后一直在外工作,再也没时间在清明节这天回家跟着爷爷去上坟了。

如今的清明节,被国家纳入了法定假日并放了假,我也匆匆地赶回家。但我的爷爷已去世多年了,我只好随父亲去上坟,父亲似乎也像爷爷一样,放下手中那些平时舍不得放下的活儿,换上一身干净的衣服,又去到那山坡上为祖辈们上坟。每到一处父亲都指着那些长满青草的坟说:"这是你爷爷!这是你爷爷的爷爷……"这些话语像爷爷当年说的一样充满着凝重的语气,浸透着一种难以言说的表情。对于那些似乎已经远去的,在我心中没能留下任何记忆的祖辈们,不管父亲怎么描述,我都无法想象他们的容颜和身影,泥土覆盖的荒丘成了我对他们的唯一记忆,我只能在泥土的气息中试图寻找一些关于他们的踪迹。

父亲还告诉我,爷爷年轻时挑着一副担,带着简陋的家什走出贫困的家乡,在一块无人的荒野中停了下来,然后垒土割草,于是一间矮小粗糙的茅草屋成了他们的家。白天爷爷在荒凉的旷野上开荒耕作,生活就是在这样的艰辛中成就他们置业的梦想,家在旷野中支撑着他对梦想的执着,温暖了他微卑的一生。爷爷在贫苦的一生辗转辛劳,尝尽了人生的酸甜苦辣。死后一张照片也没有留下,一件惊世骇俗的事也没做过,他就像我那些远去了的祖辈们一样,如沙滩上一粒尘埃,所有的平凡和琐碎最终被泥土掩埋,沉入大地。

在清明那灿烂而美丽的阳光下,我此时只默默地站在爷爷那已长满青草的坟前,眼前似乎出现了他往日那些留在我记忆里的一幕幕,仿佛我看见他仍在那片青青的菜地里劳作,仍在三月那暖暖的阳光下播种,一生都在这片土地上辛勤耕耘,日出而作日落而息,为风调雨顺庄稼的长势良好而欢笑,为干旱时庄稼的枯死而哭泣……而今爷爷走了,我只能给他那已长满青草的坟上加把土,让这温存以至于伴随一生的泥土抚平他的艰辛与梦想!

啊,清明的阳光,因此灿烂而美丽!

 # 小路

在我的记忆中,路就是那条沿村口一直通往镇上的弯弯曲曲的小路。那路上被踩得光溜溜的石板,在太阳的映照下,总是反射出锈迹斑斑的光芒。

儿时,我就这样跟随爷爷沿这条弯曲的小路去赶集,一路上还天真烂漫地哼着儿歌,似乎觉得走在这条小路上,是一种莫大的幸运与快乐。到了镇上,爷爷总是一个劲地叫卖着手中提着的鸡蛋与竹筐,我却只顾看着四周热闹的场景,拥挤不通的人流,花花绿绿的店铺,好像看到了在小村里看不到的新奇。也许就从那时起,我就向往着能从这条乡间小路走出去,能像城里人一样生活在热闹与繁华的世界里。

随着岁月的逝去,我也渐渐长大了,村口那条通往镇上的弯弯曲曲的小路,已不再陌生,渐渐地在我来来去去的脚步中,显得平淡无奇了。我每次走在上面,还觉得这条路太小太窄,哪能跟外面的高速路相比呢!

路就在我的梦中起伏,我就因梦而漂泊。于是,我就从那条弯弯曲曲的乡间小路上走出,去到外地的城市里打工,整天奔忙在厂里与租赁房之间,整天往返于宽阔平坦的大道上,可总也感受不到踏实,犹如行走在云里雾里一般,城街上那闪烁的路灯,那花花绿绿的世界,那高耸入云的高楼大厦,虽然每天都在我的眼前晃动,但在我的感觉中,却是那样的虚无缥缈。我总在失眠的梦中想念家乡,想念村口那条通往镇上的弯弯曲曲的小路。

　　如今,我又从外地辗转到了家乡的县城,这里有我熟悉的风土人情,这里有我过去的或者现在的文朋诗友,这里有我不再陌生的城街与景点,还有一直通往家乡的宽阔平坦的公路,如果某个下午下了班后想回家,找辆车十多分钟就到了家门口,来去方便。

　　尽管这样,我依然想着村口那条通往镇上的弯弯曲曲的小路。想到它,就想到我的爷爷,以及我的祖祖辈辈,都是在这条弯弯曲曲的小路上,走来走去,甚至走完一生。似乎只有往返于春夏里,来回于秋冬中,不为名而惑,更不为利而困,似乎不懂得什么叫起点,更没有想过将要到达的某个终点,只要走在这条弯弯曲曲的小路上,就像散步,就像在田里劳作,想说就说,想唱就唱,悠闲而自在,更像山里的一只鸟,日出而作日落而息,日子就像那条路上的一块石板,即便被岁月磨去了光洁的表面,但内涵却因山里人那实实在在的脚步,点缀得格外的深刻而丰富。

　　由此,每当我走在繁华热闹的大街上,奔忙在宽阔平坦的高速公路上,我都无法感受到我脚下的路,就会因此变得"宽阔平坦",即使我现在已生活在县城里,却无法感受到我已真正生活在小村以外热闹而繁华的"世界里"。相反,我更加想念村口那条通往镇上的弯弯曲曲的小路,似乎只有走在上面,才能找回我儿时的记忆,才能让我感受到有爷爷的呵护与关爱,才能感受到踏实与轻松,才能感受到自己像一只鸟般地,自由自在地飞翔在梦想与快乐中……

　　啊,我想念着家乡村口的那条乡间小路。

 乳名

乳名，一个与生命同生，而且被乡情泡得浓浓的，时时散发着泥土味的名字。

在故乡，每一个孩子出生时，父母都要给他们取一个乳名，如猪娃狗娃牛娃什么的，从此，这个乳名就一直被父亲叫着，被乡邻长辈叫着，就像已经在山村里注上了册似的，想改也改不掉，因为这个乳名，就如同一粒种子已深深地播种在那片泥土里。

记得我刚出生时，父母就给我取了个乳名，不叫猪娃狗娃，因为父亲读过书，比起其他人的思想要开放一些，便给我取了个"云娃"。这意思是猪呀狗的太俗，而"云"似乎听起来高雅一点，寓意着将来长大后，会像云一样高飞，有高远的志向，更有"好男儿志在四方"的含义。后来我上学了，父母又给我取了个学名，可学名只有在学校里老师叫，同学叫。除了在学校外，谁都叫我的乳名，即使父亲偶尔叫我一声学名时，也觉得那么不顺口，而我听起来也不那么的习惯。

随着岁月的流逝，我已过而立之年，也从乡下走进了城里，而我每次回到家只要一进村口时，便迎来了乡亲们十分热情的招呼："云娃，你今天回家来呀！""云娃，来坐坐，喝口茶吧！""云娃，你还认得我不，小时候我还抱过你呢！"……随后，乡亲们又是端板凳，又是拿烟又是泡茶的，弄得本来有事的我也只好坐下来，与他们吹吹牛，从庄稼的长势到今年的收成，从

**PART 3** 心灵的热土

小时候的故事到新近发生的事情,从党的惠农政策到刚刚召开的十八大精神……这些看似平常而深奥的话题,仿佛在那浓浓的乡音中,就变得更加的生动而形象起来。

当初,回家有人叫我的乳名时还真有些不习惯,我也努力给乡邻们说我的学名,可他们老是记不住,即使偶尔叫我一声学名,也是那么的生硬,那么的别扭。后来有些有点学识的长辈或乡邻叫我学名老觉得不顺口,干脆就在乳名前加上姓,再把后面的娃去掉,就叫"张云"。这样叫,听起来虽不那么土了,但仍离不开"云"字,仍像是在叫我的乳名,我笑笑,算了。我也懒得给他们解释了,他们爱怎么叫就怎么叫吧。由此,我也慢慢地习惯了他们叫我的乳名"云娃"了。

有时,乡亲们进城来,在找不到我的住处时,便来单位里找我,我在单位时一眼就认出他们了,特别是在我下乡镇或出差时,他们就只能在单位问:"云娃在不在?"弄得全单位的人都说不知道,当我回来后说云娃就是我时,弄得全单位的人笑话。在回家时,他们还十分认真地问道:"云娃,你不在那个单位上班吗,我们去问怎么说没这个人?"我笑了,同时也说出了我的学名。可他们下次来城里找我时,依旧这样问:"云娃在不在?"每当我知道后,就知道是家乡的人进城来了,便跑去街上找他们,如他们有事时我就尽力帮,没事时就请他们去我家里坐坐,聊聊天。也许就是这乳名,把我与家乡人的那种难得的亲情、友情、乡情,紧紧地系在一起了。

如今,在城里工作和生活了多年的我,虽然我的学名就像我一样,常在灯红酒绿的诱惑里陶醉,更在如梦如幻的生活中飘浮……但常让我想起留在故乡的乳名,因为我的这个乳名,如一粒种子已深深地融入了故乡那片厚重的泥土中,被朴素的乡风吹着,被美丽的阳光照着,被浓浓的乡情泡着……当我每次回家,只要走在乡村的路上,就听见乡亲们在叫我的乳名,从他们那不加任何修饰,不带任何势利的叫声中,我似乎找回了一种久违的亲情、友情、乡情,也找回了一个被故乡储存完好的跟乳名一样,永远不变色不变味的自己,更像回到了那个属于我的温馨的心灵的家园。

啊,乳名,一个永远留在故乡的,被乡情泡得浓浓的,永远散发着泥土味的名字。

# 乡下的雨

"滴答,滴答……"一声接一声的雨滴声,从院前的那棵老槐树上落下,再滴落在屋顶上,发出清脆而悠扬的声音,似一首浅唱低吟的田园牧歌,又像粗犷豪放的山歌,将乡间的五月点缀得如此的和谐而美丽。

好久没有回乡下老家了,前几天端午节因上班走不开,今天是双休日,我就匆匆地赶回家。一进屋,年迈的父母赶紧拿来刚包好的粽子叫我吃,我一看这粽子是才从锅里提起来的,正冒着热气。我问道:"前天是端午节,怎么今天才包粽子?"父亲说:"知道你今天才有空回来,所以今天才包粽子。"我忙拿着粽子吃起来,虽然,端午节似乎已被城里人忘了,但我还是按乡下人的习俗,去买了粽子吃,但似乎没有今天吃的粽子香,更没有今天吃粽子时感到的浓浓的节日气氛。

天上正下着细雨,五月的雨点从高高的山顶上飘飘而下,清凉而透明,含蓄而真实,将田里的禾苗滋润,将树叶上与屋顶上的灰尘洗涤,更如一支彩色笔,将整个五月的乡间描绘得和谐而温馨。

这是入夏以来的第一场雨,雨虽然不大,但密实而急促,似乎已把刚挖好的红苕地浸透了好几分深,山里人便抢时间栽红苕,雨中头戴斗篷,披蓑衣的山里人,那有说有笑,忙忙碌碌的身影,真像是在水中游曳的鱼,自由自在,无忧无虑……仿佛这雨不是在滋润着他们脚下的土地,而是在浸润着他们脸上的微笑,点缀着他们对丰收憧憬的喜悦……

一会,父亲又披上雨衣出门去栽红苕了,我说:"我也去帮着栽吧。"父亲生气地说:"那点红苕我一会就栽完,今天你回来是过节,你就在屋里休息休息!"我知道父亲的脾气,从来都是说一不二,对于父亲的话,我从小到大都必须听从。今天他不要我去,如果我去了,反而又要让他大发脾气。

我就只好在屋里时不时地帮母亲干点烧火、洗菜之类的活,母亲说:"我来吧,灶屋里黑,灰尘多,你去喝茶吧!"于是,我又只好在屋里坐着,一边喝着浓浓的茶,一边听着从屋顶上滴下来的一声接一声,时短时长,时而悠扬时而清脆的雨声……此时,我好像远离了喧嚣的城市,远离了忙忙碌碌的生活,又回到了美好的童年,每个端午节,父母总要在这一天包上粽子,炒上几个菜,还要特地为一生爱酒的父亲倒上酒,一家人热热闹闹地过节,从这节日的气氛里,去感受着收获的温馨,感受着乡下人特有的快乐与情趣。

中午,父亲回来了,同时邀上相邻的两个老哥子,一起来家里喝酒,父亲高兴地介绍说:"今天,我儿子来过节了。"说罢,像个孩子似的,显出了一脸的兴奋……他们几杯酒一下肚,那个父亲的老哥子说:"我那儿子与儿媳,由于去了广东打工,路程太远,几年都没有回来过年过节了,我们老两口也懒得弄什么来吃,过年过节都跟平时一样,再也感受不到任何热热闹闹的气氛。"

另一个接着说:"我那儿子儿媳就在本县打工,除了过年,平时过节从来没有回来过,有时打电话去叫他们回来,他们也不回来……真让我不知说啥好呢,现在的年轻人啊!"

听到这里,父亲一脸的得意,说:"我儿子好,不管啥节他早几天或晚几天都要回来,其实当父母的不是望儿子要买些啥回来,只望他们回来一起热热闹闹过个节,比什么都好啊,你们说是不是?"

大家都点头说:"那是,那是!"

此时,我听着他们的说话,心里沉甸甸的,真是可怜天下父母心啊。其实,端午节那天单位里也没有什么大事,再说我又在本县县城,就是中午下了班,找个车十多分钟就到家了,可我以走不开为由,而没有回去,直到今天双休日才回,心里真是有一种内疚感。我望着一脸高兴的父亲,望着连连叹息的父亲的老哥俩,心里不知该说什么好,我只赶忙为他们倒酒,让在烈性酒中醉了一身的他们,再一次醉在五月那清凉的雨中,醉在浓浓的"节日气氛"里……

下午,本来我想回城里去,可我却没有走,父亲依然上坡栽红苕,母亲又去田里割猪草了,我只有一个人静静地待在屋里,聆听着屋外那动听而悠扬的雨声,仿佛我此时才觉得乡下的雨声,比城里的雨声更好听,也更亲切更淳朴。乡下的雨,比城里的雨更真实更感人!

夜里,我却无法入眠,那"滴答……滴答"的雨滴声,此时更加的清晰更加动听更加亲切起来,我透过这雨点,似乎看见了父母博大而真挚的爱,如滋润着田里庄稼般地滋润着我的梦想,如洗涤着绿叶上的灰尘般地洗涤着我的心灵,更如一支彩色笔,像描绘五月乡间美景般地描绘着我多彩而美丽的人生。

啊,乡下的雨,点缀着我五月的心境!

# 牛

在村庄里,牛就像男人的肩一样,支撑起整个山里人的负重生活。

牛一生下来,似乎就与村庄有缘。吃的草,是从村庄里那片古老的土地上长出来的;喝的水,是从高山上流淌而来的清清的,曾养育过一代又一代山里人的水；走的路，是多少山里人在上面走去走来，甚至走完一生的山路；牛熟悉的语言，是山里人那不加修饰，粗野豪放的说话声……牛在朴素的乡风中成长，一天天地长成了一头跟山里人一样憨厚淳朴的牛。

长大了的牛，似乎就用肩挑起山里人生活的重担，似乎就用殷实的脚步延续着山村里的人间烟火，似乎就用艰辛的劳动传承着山里人的勤劳与朴实。谁家养有一头牛，不光是谁家的大人起早摸黑，或上坡割牛草，或下地干农活，就连小孩也变得特别勤劳，每天早上常常还在睡梦中，往往就被大人叫起来，把牛牵到山坡上去放。虽说有百个怨言，在说一不二的大人面前，也得大气都不敢出就把牛牵去山坡上放。

在开春后的农忙时，也是山里人最忙碌的时候，每天早上天刚蒙蒙亮，就打着牛下地去，忙着为山里人耕地，在那一声欣喜而高兴的吆喝声中，牛就像来了精神似的，从迈步开始就不停地往前走。对于山里人来说，牛在田野里所走的每一步都是一个希望，牛所走的每一步都是一个期待。牛与山里人就这样一前一后，既悠闲又忙碌地走着，既紧张又轻松地走着，仿佛牛与人就这样在看似短短的，却没有终点的田野里，不知走过了多少艰难的岁月，迈过了多少困苦的日子。

在春去秋来，在牛走过的地方总会长出一些庄稼来，比如高粱、玉米、稻子，在庄稼那成熟的馨香里，总是渗透着牛的气息，在那如火的秋阳下弥漫开去，让山里人把对收获的喜悦与牛的辛劳联系在一起，让山里人把温馨的日子与牛的付出联系在一起。这时，山里人总是把牛牵到田里，不是让牛干活，而是让牛去感受一下收获的热闹氛围，牛也因丰收的喜悦而高兴，时而在田野里奔跑，时而在田野里打滚，仿佛牛的高兴只是不在表面，而是在心里。

牛有时也像一个顽皮的孩子，一转眼就跑个没影，气得放牛的孩子四处寻找，而它这时往往还躲在那棵树下睡大觉，气得孩子用条子打它，这时如果被大人看见了，反而他还会挨打，因为牛在山里人的心目中，比什么都金贵。牛有时也像一个十分懂事的大人，不管草坪边庄稼地里的禾苗长得如何的嫩得诱人，可它总是只顾啃着草坪里的草，从不走近庄稼地半步，牛似乎懂得"锄禾日当午,汗滴禾下土,谁知盘中餐,粒粒皆辛苦"。

牛在村庄里不分春夏或是秋冬,不分田坎或是山路,总在来回往返中,用坚实的脚步书写出山村里最美丽的诗句,用默默地劳作勾画出山里人最甜蜜的梦想。难怪山里人总是说:"等到今年秋收后,一定给儿子娶个媳妇!""等秋收后,一定给八十岁的父亲做个寿!""等秋收后,一定把房子改修成一幢小洋楼!"这时的牛像什么都明白,又像什么都不知道。更像一个老人似的,在那夕阳西下的黄昏里,让放牛的孩童骑在背上,听着孩童唱着那优美动听的牧歌,穿过古老的村庄,行走在那条弯弯曲曲的山道上,用和蔼和慈祥的目光去点缀着乡村的丰盈,用喜悦和快乐的微笑去描绘着山村的美景。

啊,村庄因牛而古朴厚重,山里人因牛而勤劳朴实!

# 记忆底片

记忆,对于一个人来说,是多么的珍贵,它就像一张底片,时时珍藏在心间,会在漫长的岁月里,不时地打印出许许多多甜蜜的往事来。

留在我记忆中最深的,还是我青春萌动,对生活充满遐想的年龄,那年我十六岁,正上初三。那时,我们除了在教室里上课,就是在枯燥的寝室里谈天说地,说话中不外乎是两样,情诗与女孩。有一个男同学不知从哪里弄来几首情诗,说这是写给女孩的最优美最精练,最能表达出意思的追求信。他对他的这几首情诗很是保密,从不给人看,有时在同学中展示也只念上一

PART 3 心灵的热土

两句,整天一副神神秘秘的样子。我灵机一动,投其所好,他最喜欢我父亲给我买的一支新钢笔,我就大大方方地送他,以此做交换,抄得了他的几首情诗。

如其中的一首这样写道:

浑水过河不知深,
不知阿妹啥样心。
灯草还需用火点,
妹若有情把信回……

因为得到这几首情诗,我不知兴奋得好几个夜里都没有睡着觉,如梦如幻地细读,如痴如醉地品味,心中充满快感,充满了遐想。

没过几天,我也把这首情诗抄好,偷偷地放进同班一位我早已喜欢的女同学的书包里,就从那天起,我像做了贼似的,整天都不敢面对她,更不敢看她一眼,更害怕她看见了,把这信拿去交给老师。我由先前的兴奋与激动,变得不安而害怕起来。

我想:原来爱一个人,怎么还这么难!

可事情又不知过了多久,没见她回信,也没见她告老师,她仍跟以前一样。在上体育课时,她仍与我们几个男同学打闹;在放学后,我看见她在水管边洗衣服,她仍笑盈盈地望着我。我便开始去猜想:第一,信她可能看到了,她没有骂我也没告老师,证明她对我有意,而她又为什么没有回信呢,也许是女孩子同样有害羞的感觉吧;第二,就是她没有看到信。不可能,信我也装进她的书包里,她不可能没看到;第三,当她收到信,一时气愤连信都没看,就扔掉了;总之,还有许许多多的猜想……

有一天放学后,我与一个男同学去到学校外面的一个山坡上玩,正是初春,暖暖的阳光照在身上舒服极了,有一种如梦如幻的感觉。我便跑去最高的山顶上,想看见她从学校里出来的身影。

果然，不一会儿，她与一位女同学也来到这座山上，她们背着空书包，手里拿着一块小竹块，是来这儿拔侧耳根的。正当她走到这山顶上时，我心里好激动，但一时又不知说啥好，好像心里很多话要说，就是难以说出第一句。好像她是特意来见我的，我痴痴地望着她，她也呆呆地望着我，我想喊她一声，或者问一句"你也来这儿！"可就是紧张得连口都张不开，脸上顿时火辣辣的，她也慌了神似的脸也唰唰红了。为了掩饰此时的羞怯，她把肩上的空包取下来抖了抖，慌乱中她连看都没看我一眼，转身就走了。在她走后，我走过去，突然发现地上有一个纸叠的三角形，我拆开一看，正好是我写给她的那封信，原来在信写好后，为了不让别人看见，我叠的三角形很小，不想却滑在书包里的那个缝隙里，她根本没看到，而今天她在慌乱中，抖书包却把它抖了出来，而她为了逃避我的目光，掩饰她的羞怯，看都没看地上，转身就走了。

　　此时，我为我这两个多月来，空等待、空盼望、空梦想，而深感可惜。也为我这两个多月来，白害怕、白不安、白恐慌，而感到幸运。

　　不久，我们就初中毕业了，我上了高中，她没考上，去了成都一家皮鞋厂打工。如今已是一个女富翁。从此以后，我们再也没有见过面，也从未说出我心中那次想说又没有说出的话。倘若那次能鼓起勇气把那句想说的话说出来，我以后的生活也许因为她而改变。

　　然而，事情已过了二十多年了，她都永远如一张完好的底片，一直珍藏在我的心里，在我漫长的人生中，在我孤独的岁月里，时不时打印出许许多多，甚至是无数甜蜜的往事来。

　　唯有那时抄下的情诗，在我的心中吟咏：

　　　　妹是青山一支梅，
　　　　哥是蜜蜂满天飞。
　　　　蜜蜂盼着梅花开，
　　　　守在身边不愿飞……

 # 小镇上的月光

在我的记忆中,小镇上的月光很美!

那是很多年前,我带着梦想与追求,独自来到一个远离家乡的小镇上打工。可现实却没有想象的那样美好,整天除了干那些枯燥而繁重的活儿外,似乎就是那不停地转动的机器碾碎了我所有的梦想,仿佛在这里打工的艰辛生活完全与追求无关,一切都那么实实在在。

在一个夏天的夜晚,下了夜班的我,刚走出厂门,看见同厂另一个班的她站在那里,我问道:"你在等谁呀?"她笑了笑说:"我在等你呀!"我有点不敢相信,但还是与她一起往街下面走去。她说:"听说在这次厂里的征文比赛中,你获得了一等奖?""是呀!""那该祝贺你哟!""哎,好像你也获得二等奖吧?""是的!""那我也要祝贺你呀!"

我们就这样边说边走着,明净如水的月光映照着小镇,使整个街道也像水洗过一般的美丽整洁,那街道两边的树在微风中轻轻地摇动着。那平日里繁杂而拥挤的街道,也变得空空荡荡的,走在上面真有一种如梦如幻的感觉。她说她高中毕业后就在这厂里上班,但她唯一的爱好就是写诗,她最大的愿望就是想当一名像舒婷那样的诗人。我说:"那你就认认真真地写呀!"她问我:"你喜欢写作吗?"我说:"还是在学校里写过,好久都没写了。""你功底这么好,为什么不写了呢?""再写也还不是打工?"她一听换了一种口气说:"你如果发挥你的特长继续写作,说不定有一天还能改变自己呢!"

也许就是那晚与她的谈话,似乎深深地启迪了我,我便一改往日的无所事事,又像从前那样写起文章来,已经在心中消失了的"作家梦",仿佛又像这小镇上美丽的月光一样,将我枯燥而艰辛的打工生活重新照亮。因为我们在厂里做的是最后一道工序,要等到别的流水线干完了活,我们才有活干,这样几乎都是上夜班。从此,每晚下了班,她都在厂门口等着,我们就边走边谈论人生,谈论理想,有时她也念一些才写的诗给我听,我也读一些我写的散文给她欣赏……

　　这时,小镇上的月光似乎在她那美丽的诗句的映衬下,更加的明净而美丽;在我的散文的意境中,也更加的深邃而含蓄。后来,因我从那时起又开始了写作,也就是这写作改变了我的命运,我回到了家乡县城的文化部门工作。而她呢,后来听说她的父亲患了癌症,在她父亲死后,为了挣钱还为父亲治病时欠下的债,她又独自去到广州打工。再后来,我在很多报刊上读到过,她那有些像舒婷写的那样优美动人的诗……

　　在事隔多年后的一个夏天,我出差路过那个小镇,也许是为了找回一些美好的记忆,我便在小镇上住上一夜,晚上我又独自沿着往日常走的街道走去。我看见明净如水的月光依旧映照着小镇,使整个街道也像水洗过一般的整洁美丽,更像记忆中那些夜晚的月光一样充满着诗情画意,变得如梦如幻!

　　快到下场口时,走得有些累了的我,想找个地方坐坐,正巧路边有个小吃摊,我刚一坐下,便听见一个熟悉的声音:"请问你要点什么吗?"我抬头一看,原来是她,她也认出了我。我说:"你现在还好吗?"她点了点头:"我现在就摆这个夜摊,维持一家人的生计!""你还写诗吗?""不写了,也许现在我的生活中再也没有诗了!"这时,一个拄着拐棍的男人走过来说:"那边要两瓶啤酒。"她指着他介绍说:"这是我男人,两年前因车祸落下了这个终身残疾!"于是,我全明白了,还没等忙来忙去的她忙完,我就起身离去。

　　此时,我回过头来,看见她那忙来忙去的身影,在小镇那一轮皎洁的月光的映照下,像一幅画那么真实,也像一首诗那么的美丽!

 # 洋槐树

我见过的洋槐树很多,但唯独记得家乡村口的那棵。

那棵洋槐树,很大的树干,茂盛的枝叶,但从它的外表来看,一眼就看出它是一棵十分古老的树。那树到底有多少年的历史呢,没有人知道,我只听爷爷说过还是在他爷爷小时候就看见这棵树的,一代又一代的人走了,它却依旧站立在村口,站立在人们的欢歌笑语中,站立在人们的悲欢离合的故事里。

记得小时候,我常在那棵树下或树上玩,有时我们几个小伙伴,在树下过家家或者捉迷藏,有时我也爬到茂密的树间,学着鸟叫,那学得有几分像鸟的叫声,有时还真逗来鸟儿的欢唱呢;有时也学着吓人的声音,去吓那经常和我玩的最胆小的女孩,在那学得真有几分恐怖的声音里,还真把她吓哭了呢!每个赶集天,我父母天不见亮就去赶集,因鸡蛋或者丝瓜南瓜不好卖而到下午都还没有回来时,我便在那棵树下等,等着等着就靠着树干睡着了,等到父母回来时便把我接回家,我吃着父母买回的香香的油饼,既高兴又觉得幸福……那棵洋槐树,似乎就是我童年最好的玩伴和依靠。

洋槐树就这样不管春夏秋冬,不管风霜雨雪,默默地站在那里,有时就像一个守卫村庄的士兵,用一生的忠诚给村庄带来了和平与安宁;有时,也像一个饱经沧桑的老人,用一双十分平和的目光守望着乡村,让乡村也多了几许平和与宁静;有时也用一双饱含深情的眼睛凝视着这片土地,仿佛打着

牛走过的脚印是那样的真实而美丽。

尤其是在夏天的晚上,村里的好多男女老少都不约而同地来到那棵洋槐树下乘凉,有的端着小木凳,有的搬来竹椅,摇着蒲扇,谈论新鲜事。什么新编的故事,什么新想到的话题,什么才听到的消息……大家都毫无掩饰地说出来,不管合不合乎情理,也没人去追究它的细节,只要让人明白其中的"尊老爱幼,孝道为先"的传统美德就行,他们就这样在那棵树下说着笑着乐着,树也似乎听着笑着乐着!

也许是村口的那棵洋槐树,让村里多了一些古朴的感觉,也多了一些迷人的风景。不管农忙时在田野里干活累了的男人,还是农闲时在家里拉家常的女人,总喜欢聚在这棵树下,男人就毫无顾忌地聊些什么庄稼的长势,还有今年的收成,都十分开心地谈笑着,树听见也显得十分开心的样子;女人们多半说的是张家长李家短的事,树听见也似乎总是笑笑,不做评论也不做答复,更多了一些理解和包容。

如今,那棵洋槐树似乎不再是我童年的玩伴了,更像我那年迈的父亲,那一张饱经岁月的风霜的脸上,总挂着和蔼可亲的笑容。不论什么时候,他似乎总是站立在村口,就像那树一样,心里时常盼着像小鸟一样飞走的儿女们。这种盼望就像我小时候,时常坐在村口这棵树下等我赶集还未回来的父母一样,先前我就尽情地玩,玩累了就坐在树下等,等累了就靠着树干上睡着了,仿佛那时的洋槐树,就像我的父亲一样抱着我,给了我无尽的温暖和爱。

现在走出山村在县城工作的我,也时常梦见父亲就在那棵洋槐树下守望着。我想,父亲就像那棵树一样,深深地爱着那片土地,深深地爱着乡村里那些朴实善良的人们,我曾多次接父亲来县城住,他却不肯,即使来了,也要不了几天就回去了,回到乡下的父亲总是在洋槐树下坐坐,还十分高兴地把在城里见过的新鲜事讲给乡下人听,让他们也高兴。

更多的时候,父亲总是一个人坐在这树下,默默无语,也许是在守望着他那曾经耕耘过的土地,在回味着那曾经带给他欢乐和梦想的岁月!

PART 3　心灵的热土

 路

也许地上没有路，但只要有勇气和信念，路就在脚下。

在一个春光明媚的周末，似乎从孟浩然的"春眠不觉晓，处处闻啼鸟"的诗句中走出的我，与几个文友相约，去郊外散步。可摆在面前有两条路：一条是经常走的沿着上山的公路上，再从那石梯下来；另一条是听人说有这么一条，但大家都没有走过的路，经过商量大家还是选择了后者。

于是，我们就沿着这条崎岖的小路走去，因为谁也没有走过，只沿着那个大方向往前走。从一开始就意味着摸索，从迈出的第一步就似乎注定了，走这条路要历尽艰难与困苦，还不能说是否能到达目的地呢。如果选择那一条路，既轻车熟路，又没有风险，更不用探索和冒险，对所要到达的目的地是一时半会儿便可到达的。

可大家却选择了这条路，一条只能去探索和寻找的路。我们沿着那条小道走去，越走就越没有路了，但还是相信路一定就在前面。不一会就到了一片山林，在这片山林里根本没有路。这时有人说："前面没有路了，干脆回去。"也有人在抱怨说："当初我们要是走那条路，不知多轻松自在呀！"说归说，抱怨归抱怨，大家仍旧往前走着，也许大家都在心里抱着一个希望"路就在前面"！

随后便是一个悬崖，让人往下看真是胆战心惊，大家凭着一股勇气，你拉我我拉你才走了过去，因为大家都知道，可能走过这悬崖，前面肯定就是

路了。过了这个悬崖后，果真看到一条平坦的路，想那肯定是那条通往城里的，也是我们今天要走的那条路，可这条路却在悬崖下，我们要如何才能走下去呢。

在走了好一阵后，前面走来一位老大爷，我们问他："大爷，请问下面那条路是通往城里的路吧？"老人笑说："是呀！""但我们要怎样走，才能走到那条路上去呢？"老人笑了笑说："除非你原路返回。"我们不解："为什么？"老人说："因为从一开始你们就走错了，这儿是悬崖，不能下去的。"

大家听了老人的话似乎有些绝望了，但还是不甘心地问："但现在我们又该怎样走呀？"老人愣了好半天说："当然只有往前走啰！""前面有路吗？""没有，但只要你们坚定地往前走，就有路了！"

我们听了老人的这句话，也似乎明白了老人的意思，大家的眼睛似乎一下子亮了起来，更像是来了精神，好像在说，不管前面有没有路，也不管前面的路再艰难，还是得走下去。随后，大家仍有些迷茫地走就走过没有路的山林，也更艰难地走过悬崖，似乎历尽了艰辛和困苦，最后真的走了出来。随后，大家欢呼，不是为终于走出困境而高兴，而是为成功探索出一条路而喜悦！

人生也是一样，也许当初摆在你面前的有很多条路，如果选择那轻车熟路的路，没有风险，离你所要到达的目的地更是指日可待，但那肯定是没有任何意义的，因为在这条路上没有攀登的艰辛，更没有成功的喜悦。如果像我们这样选择那条没有走过的路，不管前面是高山，或是悬崖，更不管是山林，或是崎岖的小道，也不管是历尽了艰辛，经历过迷茫，也许从迈出的第一步开始，只要你坚定地走下去，一定会到达目的地的，这时你一定会为自己走出的一条路而欢呼，更为自己因历尽艰辛获得成功而欣喜。

因为你是用勇气和信念，寻找到了一条通往成功的路！

# 心灵的热土

青木,顾名思义青山绿水,人杰地灵。

我有缘在青木关打工三年,算是一个"地地道道"的青木关人,在我的生命历程中,在青木关的那段生活,会像一朵美丽的鲜花,点缀着我的人生,丰富着我的情感。会像一张底片,沉淀在我的生命里,时时打印出许多关于青木关的甜蜜的美好的记忆。

尤其是青木关的那帮文朋诗友,他们似乎远离了金钱的诱惑,远离了世俗的浮躁,而在属于自己的那片宁静的天地里,尽情地耕耘。

那天,青木关"滴翠"文学社的王社长打电话来,说是文学社将组织去农家乐采风,我便向单位请了假,乘车来到青木关跟随前往。

那天,天空中正下着雨,细雨飘洒在头上脸上,丝毫没有阻碍我们的前往,更没有减少我们的热情,我们一路上有说有笑地向离镇上不远的农家乐走去。

到了那里,我再也顾不上喝茶,便四处观看这在昔日只能在都市才能看到的小洋楼、楼顶花园、休闲桌、鱼池……一派崭新的景象,令我十分惊奇。

此时,天空中仍在下着细雨,细雨似乎将花园里的花草洗涤过一般,草显得更绿,花开得更艳,鱼池里清澈透明的水中,不时有鱼儿游动着,崭新漂亮的小洋楼也倒映在水中,仿佛水中的风景比岸上的更迷人。

这家主人姓陈,是一个地地道道的农民,他以前是在镇上的一家企业里打工,有了一定的积蓄后,便开始搞农家乐,他告诉我们说:"他这农家乐里,每天都接待了不少的从城里来旅游、度假、观光的客人,他们说这里远离了城市的喧嚣,这里仿佛又是一片宁静的天空,真有古人说的小桥流水人家的田园风情。"

我问他:"你每年收入多少钱?"

他笑了说:"十来万吧!"

我们吃惊了,但也不得不信,因为青木关离重庆城近,又有天然的青山绿水,真是人杰地灵。

他还说,在他的带动下,相邻的几个村现已有十多家农家乐了,家家生意红火。

"你不怕别人抢了你的生意吗?"

"怎么会呢? 要富大家富嘛!"

他还告诉我们,他还打算组织一支农民文艺演出队,为前来度假、休闲、观光的客人表演具有地方特色的歌舞;还将投资建一支老年健身队,为老年人提供休闲娱乐的好去处,又为乡村增添一道美丽的风景。

我们真为他的这些设想感到高兴,由衷地感叹道:"这就是今天的中国农民!"

仿佛我的眼前出现了他那支已组建好的农民演出队,正在表演着具有地方特色的歌舞,客人们一边喝酒一边陶醉在美丽动人的歌舞中……

每到下午或者黄昏,那一支身着健身服装的老年人,也像城里人一样,快乐地跳起健身舞……

一幅幅美丽的画面在我的眼前映现,一幕幕精彩的想象在我的脑海里定格。正苦于找不到题材写的我,却猛然间想起了什么,便大声地自言自语道:"这难道不是新农村建设的最好题材吗?"

随后,文学社王社长介绍说,像这样"农家乐"式的小洋楼、楼顶花园、鱼池等,在青木关镇真是举不胜举,有的农家早已修起了这农家乐式的楼房,不是为了来接待客人,而是在改变自己的居住环境,因为青木关是一个

工业镇,大大小小的厂矿企业上百家,农民有钱了,就努力改善自己的家园。

随着经济的发展,家居环境得到改善后的青木关人,似乎也在追求一种高层次的精神生活。就拿青木关"滴翠"文学社来说,社员就有一百多人,大多是农村富裕起来的农民,他们除了上班外,业余时间搞创作,来丰富自己的业余文化生活。

难怪青木关已申报重庆市唯一的"农民文化之乡",这真是富裕起来的青木关人的另一种崭新的文化时尚,是加强新农村建设的一项重要内容。

在返回的途中,细雨仍在飘洒着,仿佛我透过朦胧的细雨,看见青木关人正在用勤劳的双手改善着自己的家园,以崭新的精神面貌构筑着乡风文明的又一道风景,以文化的时尚点缀着新农村建设的这朵鲜艳夺目的花朵……

啊,青木关,青山绿水,人杰地灵,我心灵的热土,我灵魂的家园!

# 青木遇知音

"相识满天下,知音能几人。"尤其是在当今社会,作为边缘人的文朋诗友的知音,更是难寻。

可我最近结识了青木关镇"滴翠文学社"的一帮文朋诗友,真算是寻找到了谈诗论文、志同道合,而且以诚相待的"知音",让我在独自为了生计而漂泊,为文而深感孤独的无涯之旅中,好像感受到了家一般的温暖。

那是今年夏天,我偶尔看见了一张青木关镇党政办主办的报纸《滴翠》

报,我就按报上的地址投寄了一篇散文,心想去试试,看看能否在这张报纸副刊上发表,没想到几天后,我就接到该报负责人打来的电话,说这篇散文写得不错,可见功力不一般,从稿子的质量上看,你至少在文学创作上苦苦跋涉过十年以上,才能达到这种境界。我放下电话,心想他真有眼力,从一篇小稿子上就能看出我在这方面的功底,肯定是内行,也可能跟我一样,为文学付出过,更为文学而苦苦地跋涉过。他还说:"过几天,我们'滴翠文学社'的文友们会亲自登门来拜访。"我却有些茫然,我有何德何能获得他们这般热情。说白了,我只不过是一个外地来这镇上的打工仔,我没把这事放在心上,心想他们可能是随便说说而已。

果然,在几天之后的一个下午,因为天气太热,平均温度在四十摄氏度左右,厂里就提前下班,年近六旬的青木关镇中学的退休教师郭永明老师,却满头大汗地来到我的租赁房,他说:"我去厂里找你,说你已经下班,为表示我们的诚意,我亲自登门来拜访,也请你去吃一顿饭,文学社的其他同志在下面等。"我说:"郭老师,你打个电话给我就行了,怎么能让你亲自来呢?"他说:"电话我已抄下来,为表示我们诚心诚意结识你这位文友,我就登门拜访啰!"我望着全身衣服都似乎被汗水湿透的郭老师,心里又惊又喜,惊的是早就听说过郭永明老师的大名。他已是中国散文诗学会会员、中国散文诗研究会会员、重庆市作家协会会员,出版有作品集《飞翔的梦》,而我早已在很多报刊上读过他所发表的文学作品,他又是青木关镇上最有资历的高中老师,不说其他的,就是在青木关镇上,有谁不认识他郭老师的。喜的是,我那十多年一直被厂里的老板,一直被家人,或者被周围的许多人认为写的是"没用的东西",终于被人承认,被人认为我这个干活不如别人,只会写几句的人,居然是"人才",而让我欣喜万分。

随后,我就与郭永明老师一起向镇上走去,因为我的租赁房在小镇的最偏僻处,一时半会儿没有三轮车来,我们就只好一边说话一边步行下去。虽然天气热,虽然路途遥远,但我们谈得很投机,心情特别的愉快。到了镇上的新开发区,滴翠文学社社长王新觉早已等候在那里,我们进了青木关镇上最好的酒店,叫了许多菜,这是我离开县报社后独自外出打工三年中,唯一一次被人宴请。一桌子好菜,一瓶好酒,就让我们边喝边谈开了,虽然我与这几位文友都是初次见面,但丝毫没有陌生的感觉,更没有在其他场合上那种自卑与尴尬,我们就轻轻松松地边喝酒边谈文学创作中的体会,谈文学创作中的艰辛与苦涩,也谈文学创作上的喜悦与乐趣。

从彼此的交谈中,我才知道,青木关"滴翠文学社"成立将近二十年了,文学社现有社员一百多人,都分布在机关、工厂、学校,而青木关"滴翠文学社"的第一任社长就是《重庆日报》首席记者,中国"范长江新闻奖"获得者罗成友,这将近二十年来,通过那张《滴翠》报,培育出了许多文学作者,也从这个文学社走出了许多新闻、文学人才,其中就有《重庆日报》首席记者罗成友,《重庆晨报》副刊编辑李炼,还有调离的干部,升学的学生,驻军部队的官兵等许多专业从事新闻、文学的创作人才。第二任"滴翠文学社"社长王新觉在自己忙于公务的同时,还积极组织协调文学社的工作,并兼管《滴翠》报的编辑出版等工作,同时还用业余时间从事小说创作,已在湖南的一家大型文学刊物上发表了中篇小说。青木关"滴翠文学社"的事迹,还被中央电视台及重庆的新闻媒体报道过,而青木关镇正因为有这个"滴翠文学社",与作为季刊而到现在已出版了一百六十多期的老牌《滴翠》报,才为青木关这个新兴的工业小镇,营造出一个良好的文化氛围,最近,又已申报重庆市唯一的"重庆市农民文化之乡",即将由市里组织专家验收。

从那以后,我与这帮文友们常常参加一些文化活动,常常深入到厂矿企业采访与体验,使我真正地融入到这片古老而充满灵气的热土,再也没有了一个人"独在异乡为异客"的孤独与迷茫。更是像郭永明和王新觉等老师与文友那样,一生都在苦苦地追寻着文学创作,几十年如一日,甘守清贫,尤其是在近些年,这个镇以摩配企业为龙头,工业发展迅猛,经商办企业的人日渐增多,老板大款在小镇上比比皆是,在到处散发着商业气息,在小镇上处处都鸣响着震耳欲聋的机器声,与商海那惊天动地的搏击声……他们不为金钱所动,仍在痴迷地进行着文学创作,有的是在别人莺歌燕舞的夜晚,而自己却在孤灯下挥舞着笔墨,有的是在工作之余,在别人灯红酒绿的时候,伏案写作,把小镇昨日的印象与今日的变化书写在纸上,让这处处散发着商业气息的小镇,也同时飘浮着诗一般的韵律,也飘散着有如稻香般的文墨的馨香。即使这只是含羞欲放,即使今天也不那么引人注目,不够绚丽,但我相信,明天,或者不久的将来,它将会更加芬芳,更加光彩照人。

由此,我在打工之余,也在这种浓浓的文学氛围中,去寻找创作灵感,为青木关镇能成功申报重庆市唯一的"重庆农民文化之乡"而努力,虽然我是一个外地来的打工仔,但青木关却是我的第二故乡,我已在这里生活了三年,说不定还要生活三年五年呢。因为,我在这里已拥有了一帮文朋诗友这样的"知音",拥有了"滴翠文学社"这个家,我也想为这个家增砖增瓦,我更爱我的这个"家"。

"相识满天下,知音能几人。"青木关的这帮文朋诗友,就是我的"知音",青木关的这方水土如同家乡的山水,那么美丽那么迷人,让我去更加珍惜,备加热爱。虽然,我只是这里的一个打工仔,但与文朋诗友的交往,就像我在家乡与文友交往一样,是从来不问身份、地位、贫富,而是彼此对文学的那份执着,对文学的那份痴迷,却让我们心灵相通。就因为这份痴迷,让我真正融入他们之中,即使白天在厂里打工干活也心情愉快,更是信心百倍。即使走在大街上,也像在自己的故乡一样,多了一些坦然,更多了一些从容。这是因为青木关那春风般的浓浓的文学氛围感染着我,使我同样感受到家乡那三月的阳光般的温暖、甜蜜、美好、幸福。

仿佛我已成了一个青木关人,青木关镇就是我的第二故乡,我会在这片热土上辛勤耕耘,默默奉献。

啊,我为我在这里真正拥有了像郭永明、王新觉这样的文朋诗友,拥有了"滴翠文学社"这样的"知音"而自豪!

# 照亮我人生的那盏灯

在我的记忆中,村小学王老师寝室里的那盏昏暗的煤油灯,在山村里那寂静的夜里,特别的耀眼,也特别的明亮,照亮了我的人生。

那是在我上小学三年级的时候,年轻漂亮的才从县师范学校毕业的王老师,来到村小学任我们的班主任。于是,我们都在想:王老师也不会教我们很久的,她这么年轻,难道就要在这山里待下去? 因为这里偏僻,不通公路,没有电灯,许多老师都不愿意来,而来了的老师最多教一两学期就急着走,可她却像一粒种子,在这里落地生根。

面对这样的条件,王老师从来没有叫一声苦,而是积极乐观地面对,不通公路就步行上街买油盐,没有电灯夜里就点亮煤油灯,那间破旧的寝室似乎就是她备课和为学生批改作业的唯一的天地。似乎就是那盏煤油灯,点亮了她为教育事业做贡献的梦想,白天在上课时那枯燥的文字,烦琐的公式……似乎都在王老师的微笑中,在她那洪亮的声音里,变得更加的生动,变得更加的有趣。

那时,我是班上一个最顽皮学生,上课时爱讲话,下课时常捉弄同学,放学时经常在路上玩,很晚才回家。王老师知道后,耐心地给我做思想工作,从没叫我站黑板,从没当着全班同学批评我,反而还鼓励我,选我当班长,以激励我努力学习。这样一来,真的激发了我努力学习的信心,好像不认真学习,就对不起王老师的一片苦心,不努力学习就对不起我这个"班长"。

还有就是我家里困难，大小兄弟四个，我又是老大，父亲知道我读书不用心，不管怎么读也可能没多大出息，便不要我读书了，叫我回家去放牛割草。王老师知道后，多次登门做我父亲的思想工作，好说歹说，总算把我父亲说通，这才让我的人生得以重写。

从那以后，我就发自内心地感激王老师，是她给了我又一次来之不易的机会。凡我家地里长大了的菜，我总要给她送去；凡我家每年杀年猪时，我总要去把她请来；凡我有啥委屈，总要给她说；凡我有啥值得高兴的事，总要告诉王老师让她与我一起分享……

特别是在夜里，当我看见王老师的那扇窗子还亮着昏暗的煤油灯时，知道王老师这时一定还在备课，还在给我们批改作业，我的心里不知是高兴还是难过。不知有多少次，我站在自家门口，望着那盏灯，仿佛看上去，它更像一轮鲜红的太阳，不知照亮了多少像我一样山里孩子的心灵；更像一座灯塔，点缀着我们多少美丽的梦想！

就是这盏煤油灯，在这村小学里伴随了王老师二十多年，她由一个年轻漂亮的女老师，变成了一位满脸皱纹的老人。这当中不知浸透着她多少心血与汗水，不知饱含着多少她对教育事业的热爱与执着，也不知多少山里孩子的人生被这盏灯点缀得灿烂辉煌。有的穿上了军装走进军营，有的上了大学成了栋梁，有的经商成了富翁……真是"桃李满天下"呀！

如今，从师范学校毕业的我也回到了我读书时的村小，可今天的村小学却跟以前不一样了，一条直通镇上的宽阔平坦的水泥路直接修进了校园，那破旧的教室也变成了一楼一底的楼房，电灯电话电视电脑应有尽有，可在几年前快退休的王老师因劳累过度却倒在讲台上，再也没有起来……然而，每当我走进这崭新的教室时，总是想起王老师，想起她的微笑和洪亮的声音，更难忘的是她寝室里的那盏昏暗的，也照亮了我人生的煤油灯。

由此，在我的心目中，王老师就是那盏灯，燃尽了青春，燃尽了自己，却照亮了山村里的明天与希望！

 # 山里的月亮

山里的月亮又大又圆又亮。

从书中抬起头来的我，透过那朝着教室外的那片田野敞开的窗户，只见窗外一片淡淡的白色，一轮皎洁的圆月已经升起在夜空中了。田野静静的，村庄静静的，只是在月光的浸透下的景色更美，只是在月光的浸透下的思念更浓。

"床前明月光，疑是地上霜；举头望明月，低头思故乡。"

我这才想起今夜正是中秋，自从师范毕业后来到这个山村小学已经好几年了，我对这里条件的艰苦似乎早已习惯，对这里人们的善良更是深有感触。可是今夜却有一种说不清道不明的惆怅，缓缓从心底涌起，直上眉头。一个人的生活，每天忙于工作，不但把日子给过忘了，就连这明净如水的月光，也已久违多时。因屋里亮着灯，所以月光不能照进来，只能从窗户中看到她缥缈的丰姿。

推开门出去，去享受这无边的中秋月华。

我便爬上学校后面的山上，坐在山崖边的那块大石头上，遥遥地俯瞰着近处的学校和远处的村庄。这时，在平日里我以为对那里的一草一木，一砖一瓦，甚至每一个角落都十分熟悉的学校，在这美丽的月光下，仿佛也变得是那样的陌生而美丽，只是这时没有孩子们琅琅的读书声，而约显静谧与孤静；而远处的村庄呢，也在月光的浸泡下变成了一幅意境深邃的图画，那些

弯弯的梯田，一层一层地依着山势螺纹般地向上盘绕着，每一层梯田里，都有一轮月亮，同样地圆圆的大大的亮亮的，微风一吹，水面就荡漾着迷人的涟漪，把月光荡漾得碎银子似的。

在这明亮的月光下，人们似乎还没有睡，时不时传来欢快的笑声和爽朗的说话声……此时，他们一定是感受到了无比的温馨与甜蜜，因为一家人正欢聚在一起，共享着中秋佳节日的喜庆。

记得儿时在家，中秋就是全家最欢乐的时刻：吃过晚饭，一家人欢坐在院子里，一边看着圆圆的月亮从天边升起，一边吃着月饼、花生、瓜子，一边听父母说一些关于丰收的话题；或是与村里的小伙伴们在村子前后的田野间玩乐，在明亮的月光下蹦蹦跳跳，打夜仗，钻草垛，玩"老鹰抓小鸡"的游戏……

可自从我来到这里的几年间，山里的月亮不知多少次浸透着我的孤独，也不知多次映亮着我的梦想，心想在这苍茫的月下，今晚自己就是这世间最孤独的人了，可在我回到学校时，看见一个小男孩站在校门口，对我说："张老师，我给你送月饼来了，我娘说今天是中秋节吃了月饼才能象征着团团圆圆的！"这是我认为平时在班上最调皮的学生，此时我似乎看见了他的另一面，善良真诚可爱。当我接过他手中的月饼，还没来得及说什么，他就转身跑走了，我看着他的背影，我的眼睛湿润了。

虽然，我离开了那个村小好多年了，而今我却工作和生活在县城里，也把乡下的父母接来了县城，长期与亲人们生活在一起，再也没有了那种"独在异乡为异客，每逢佳节倍思亲；遥知兄弟登高处，遍插茱萸少一人"的孤独感了，但我还是时时想起那个我工作了好多年的村小学，那个照亮了我好多梦想的山里的月亮。

特别是在中秋，似乎更大更圆也更亮。